版

邦雄

ukamoto

全歌集

第六巻

短歌研究文庫
28

目次

不變律

装訂　間村俊一

不變律

不變律
一九八八年三月五日　花曜社
A五判　貼函附　丸背　二一六頁
装釘　政田岑生

丙寅五黄土星八月暦

一日　金曜　先勝　土用二の丑　宮澤賢治誕生日

千首歌をこころざしけるわが生の黄昏にして夏萩白し

二日　土曜　友引　鬼貫忌

敕使河原鳥獸店の白孔雀ルルの三七日(みなぬか)八月二日

三日　日曜　先負

わがかなしみの盡きなむところ燈(ひ)ともりて終夜營業喫茶「倶利迦羅」

四日　月曜　佛滅　シェリー誕生日

凶變の七月過ぎてみじか夜の夜明瑠璃杯流汗淋漓

五日　火曜　大安　アンデルセン忌

大統領の見るにたへざる横顔を空色の朝顔がさへぎる

六日　水曜　先勝　三隣亡　原爆忌

八月六日すでにはるけし灰色に水蜜桃のはげおつる果皮

七日　木曜　友引　タゴール忌

濕熱の八月七日きらきらし今朝殺人の記事ただ二件

八日　金曜　先負　立秋　ポランスキー誕生日

西部劇幽靈町のぬかるみを渉る眞處女(まをとめ)　泪ながれたり

九日　土曜　佛滅　源實朝誕生日

日常の斷崖にさるすべり咲きさむし　崩御と逝去の差

十日　日曜　大安　西鶴忌

きみを死地に逐ひたる一人わが愛す伊勢撫子のはなびらの鋸齒(きよし)

十一日　月曜　赤口　三隣亡

いかなる異變にも駭かず八百梅の亭主がロルカ讀みゐることも

十二日　火曜　先勝　舊七月七日　棚機　トーマス・マン忌

仙人掌(さぼてん)の眞緋の花むらそのむかし「敵中横斷三百里」

十三日　水曜　友引　上弦　カストロ誕生日

鳴澤主計大尉敗戰寸前のそびらに夕光わななきし

十四日　木曜　先負　茅舍誕生日

足洗ひたる水を捨つ常の夜に似ざる十四日の夕顏に

十五日　金曜　佛滅　敗戰記念日　聖母被昇天祭

唐芥子(たうがらし)くれなゐ朽ちておもかげに露のにほひのすめらみこと

十六日　土曜　大安　京都今熊野觀音寺施餓鬼

女人は海鞘(ほや)をきざみつつあり敗戰忌四十(よそ)たびめぐるわれの敗戰

十七日　日曜　赤口　近江建部神社夏祭

茄子の花の紫紺にむかふ十七日にくしみなんでふ薄るべきや

十八日　月曜　先勝　バルザック忌

敗れしを至福とせむにさしぐみて空蟬ふみしだきつつありき

十九日　火曜　友引　パスカル忌

葉月うすべに千軍萬馬の大伯父が笑うてこたへざりける衆道

二十日　水曜　先負　舊七月十五日　盂蘭盆　滿月

國よりさきにこころやぶれてゐたりけり銅の盥のなかの滿月

二十一日　木曜　佛滅　ビアズレー誕生日　トロツキー忌

十六夜（いざよひ）の何あざらけき掌上の桔梗　歌てふおそろしきもの

二十二日　金曜　大安

よくぞ完敗したる日本　淡青の少女太刀風のごとく過ぎける

二十三日　土曜　赤口　處暑　三隣亡

八月二十三日赤口三隣亡（しやくこうさんりんばう）井伊蒲團店羽根蒲團展

二十四日　日曜　先勝　瀧廉太郎誕生日　牧水誕生日

マノス・ハジダキスなど知らぬ友とゐてさびしや萱草色（くわざういろ）の夕映

二十五日　月曜　友引　ニーチェ忌

茂吉のごとく歌が濫作できるものならば　備後の藺田夕旱

二十六日　火曜　先負　山上伊太郎誕生日　アポリネール誕生日

秋風首にふれたる氣配この朝のわが背後靈美男なりや

二十七日　水曜　佛滅　下弦　ル・コルビュジェ忌

鈴蟲の屍（し）を塵取に掃きよするわが肝膽のしづかなるとき

二十八日　木曜　大安　ゲーテ誕生日

バッキンガム宮殿衛兵交替の夢淡し葉月二十八日

二十九日　金曜　赤口

八月盡いらいらとして戀しきは芭蕉てふ朦朧たる存在

三十日　土曜　先負　亡母四十三回忌

ふはふはと棉の花咲くそのかみのおほみはふりの何葬りけむ

三十一日　日曜　友引　大正天皇誕辰　カリギュラ帝誕生　惡の華忌

むかし天長節といひける日のあかつき殺したる歌三十一首

寒露

歌はわれのなになるべきか　水面をはじいて疾風（はやて）かはせり敗荷（はいか）

家庭と庭の結界に咲く銀木犀わが晩年をここより見む

ライトヴァースは嘉(よみ)せざれども午後二時に靉靆(あいたい)として左眼の霞

わがこころ切にかがやく寒露けふ花見小路の氷配達

遠縁(とほえん)をかぞへつつふとさびしさや鳴瀧に伯母の戀人がゐる

惠曇

霜月の木通(あけび)むらさきちちうへに一塊のかなしみをたてまつる

三十年むかしの花婿のわれにうるはしきかな晩秋の茄子

未生以前の潮の香ぞする惠曇(ゑとも)よりおくりきたりしうるめ百匹

惜別に洟(はな)かむ友とかたへなるその妹の翡翠(ひすい)のかんざし

夕霜に映ゆる射干玉(ぬばたま)そもわれは半生にいくたりをあやめし

冬の音樂

こころおとろへて霜月霜のよひ一椀の葛(くず)戀のごとし

結崎(ゆふざき)の伯父が最期の言あたらし歌ふならば火の中なる炎(ほのほ)

薄荷糖(はくかたう)なめつつ冬の音樂を聽くジョルジュ・ムスタキも五十か

山茶花(さざんくわ)雪の上(へ)に散りつもる臘月のある日かはゆし河島英五

鞠(まり)つきうたを覺えそめたり長じて後詩などに心うばはるるな

火の棘

すなはち霰たばしりにけりマンションのわが箱庭の弓月(ゆづき)が嶽に

神無月うすらあせかくほどほどにふとりけらしな梅宮辰夫

ほとほとに他界のごとしとりがなく東歌輪講會大ホール

みぞるるはわが魂魄か極彩のポルノグラフィもつひに寒し

齢盡きたるにはあらずかぎろひの白玉椿咲いてんげり

月蝕のあくる日も罌粟色の陽よたのしみで歌がつくれるものか

ピラカンサ夜(よる)の火の棘死の方(はう)へわれらまづゆるゆるとまゐらう

逍遙遊

美しき雲助ひとり物くらへり三十日斑雪（みそかはだれ）の操車場にて

花冷えの志木公園に老女らがつどふ國かたむくるくはだて

旅は億劫（おくくふ）なれどはつなつ隣國に薔薇山（しやうびせん）とふ山あらば赴かむ

道樂息子無音をつづけゐたりけり曲つて落つる華嚴の瀑布（たき）

青嵐杉の花の香とこしへに酒斷つなかれ佐佐木幸綱

右翼てふつばさあらむに水無月のなにを今歌ひ惑ふことある

頽齢のわれに至らば背水の歌集『逍遙遊』と名づけむ

男聲合唱（オルフエオン）ゆゑならねども空耳にふとまがまがしマルセイエーズ

捨つべしとたちあがるとき秋に入りあはれならざるなき歌百首

心もそらに一日過ぎつつ初霰チャフラフスカとは何なりけるか（ママ）

人を人とも思はぬ彼の文運もきはまつて嵯峨の黒き紅葉

秋風のかすかなる毒くちびるにあり今日一日（ひとひ）歌はずにすまば

歌はこころにもあらざるをうつくしきかなあつものの中の銀杏（ぎんなん）

寒牡丹灰色を帯び頃日の座右にさわさわと『殺人百科』

歌が何せむ

金雀枝（えにしだ）燦爛はしり讀みして過去帳はとぢたり未來帖はあらぬか

心毒はしづかに六腑めぐりをり若草色の健康保險證

高所恐怖症のおのれが物干に見たり腐れる世界の五月

ゆきのしたの群落足に薙ぎはらひ歌が何せむうたがなにせむ

われをおいてわれを弑（しい）するものあるはいづこぞ　曼珠沙華の火の手

霰ふるころなりけるかあられふり金槐集を貸しうしなへり

秋冷の肝（かん）にひびきて頽齡といふことばあり　くづるるよはひ

かろがろと殘生あらむこひねがひをりしも葡萄園大霙

あけぼのの空濃むらさきうちつけに明智光秀を愛しはじめつ

牡丹左手に

母がゐたとしても百歳　夕虹の東山區清閑寺歌ノ中山町

二十七歳馬百頭餘有(も)てりとぞ牡丹左手(ゆんで)に提げて訪ひ來し

ころもがへ更へたる麻の肩幅のさやさやと知命越ゆるころほひ

金雀枝(えにしだ)縦横無盡に吹かれ西行が持ちかへりける砂金三萬兩

枕許にひらと落ちたるモノクロのさむざむしボッティチェッリの「春」

遡行的一月暦

一月三十一日　土曜　アンナ・パヴロヴァ生誕

われの顱頂（ろちやう）にはららぐ霰一月の死をおもふとき詩歌鮮（あたら）し

一月三十日　金曜　シューベルト生誕

プーランク忌の水邊（すいへん）にあらがねの自轉車と呼ぶはかなき金具（かなぐ）

一月二十九日　木曜　太陰暦元日　アントン・チェーホフ生誕

ぬばたまの晩年やわが歌ひたることの結論は「幻を視ず」

一月二十八日　水曜　初荒神　敕使河原宏生誕

青衣（しやうえ）の屑買來て秤（はか）りをり銅（あか）・襤褸（らんる）あるいは詩歌籃に三杯

一月二十七日　火曜　モーツァルト生誕

曇日（どんじつ）の天龍川に淡紅のあぶら　かろやかに歌ふ彼奴（きやつ）ら

一月二十六日　月曜　ロジェ・ヴァディム生誕

朗讀のアルトなまめき大寒のたそがれ無氣味なる「小公女」

一月二十五日　日曜　白秋、ヴァージニア・ウルフ生誕

寒星のむらがり見つつおのづからいかなる域にいたる齡（よはひ）か

一月二十四日　土曜　ハドリアヌス帝生誕

指名手配中犯人のことごとく美男なるかな臘梅さむし

一月二十三日　金曜　エイゼンシュテイン生誕

核シェルター出て潸然となみだする紅梅の樹下明後日(あさつて)のわれ

一月二十二日　木曜　バイロン生誕

今日まで生かばわが悪(にく)みけむ父母(ちちはは)と思ひたりふたたびは思はず

一月二十一日　水曜　屈原生誕

帝釋山(たいしやくせん)あらればしりにくだりくる女人ありけり　心なびかふ

一月二十日　火曜　フェデリコ・フェリーニ生誕　大寒

たれにおくれて生きつつあるかなまみづに銀の香りの寒十四日

一月十九日　月曜　エドガー・アラン・ポオ、森鷗外生誕

食ふや食はずの半生を經て一月の華燭にみどりしたたる榊

一月十八日　日曜　シャブリエ生誕

一月の夜の飲食(おんじき)の浮脂身命(しんみやう)の命透きとほらざる

一月十七日　土曜　スタニスラフスキー生誕

なほ後(あと)を絶たざる賀状酒場(バア)「キキ」が今年も變らぬ愛顧を願ふ

一月十六日　金曜　シュペルヴィエル生誕

論敵霍亂(くわくらん)に斃れてそれ以來ほほゑみを消さうにも消せず

一月十五日　木曜　セガンティーニ、橋本多佳子生誕　滿月

血紅の綾羅(りようら)なびきてあひつどふ人と成りたる怪(け)しき物たち

一月十四日　水曜　三島由紀夫生誕　四天王寺修正會どやどや

裸祭の花崎遼太處女座(をとめざ)のうまれ死にたいほどはづかしい

一月十三日　火曜　ベルツ生誕

すなはち言葉革まるべき一月に何ぞたましひの冬霞

一月十二日　月曜　リリアーナ・カヴァーニ生誕

殺すならば風花銀に散りまがふ深き夜と淺き朝(あした)のあはひ

一月十一日　日曜　初庚申　鏡開き

彼の岸の女人が負へるみどりごにわがこゝろとどく　とどく僂さ

一月十日　土曜　高山樗牛生誕

雲のごとき飢ゑ講堂に満ちゐたり詩人論マヤコフスキーに移る

一月九日　金曜　ボーヴォワール生誕

飛火野に冬のいかづちしろがねのこの歌を死ののちにのこさむ

一月八日　木曜　堀口大學生誕

ヴェルレーヌ忌に何をけたたましく咲(ゑら)ぐ高が野球と呼ばるる愚行

一月七日　水曜　プーランク生誕

葱くわゐ牛蒡蓮根蕪(かぶ)むかご這へるみどりご冬のなくさ

一月六日　火曜　ジャンヌ・ダルク生誕

鈍刀のごとき青年われに侍すこれぞこれ一月のやすらぎ

一月五日　月曜　岡井隆、松本たかし生誕

絶海の孤島にあらば思ひ出でむすなはち岡井隆のほほゑみ

一月四日　日曜　ヤーコプ・グリム生誕

初詣で蔑(なみ)しつれども住むかぎりわれや素戔嗚(すさのを)神社の氏子

一月三日　土曜　キケロ生誕

八方破れの年始たれをか招くべき鍋に猩紅熱の伊勢海老

一月二日　金曜　伊丹万作生誕

伊丹万作誕生日とてすみやかに暮れたり雪は青墨の香ぞ

一月一日　木曜　サリンジャー生誕

今年二千首をくはだつる淡雪の元旦の計奸計に似つ

さかづき滿つる

六腑おとろふるときことば冱ゆるとぞ岩手縣江刺郡（えさしごほり）歌讀（うたよみ）

あかつきの雷やさしくて分蘖（ぶんげつ）のわすれぐさ花ひらきそこなふ

櫻桃（あうたう）もちて兩掌ふさがりゐたりけりさてめくるめく今日以後の生

大盞木（たいさんぼく）のさかづき滿つるあさぼらけ響灘とふ力士あらぬか

前をよぎりていざ妹（いも）がりへさみだれの洛南坩堝株式會社

先んじて知らざりけるをさきはひと思へ文月（ふづき）の桃夭（わか）からぬ

百合は出荷終りたりとぞならばいまはこびださるる屍體はなに

夏の林檎きしりつつ「まだあげそめし前髮」は文脈の錯誤か

男はをとこおちぶるるともあかねさす雲助かぎろひの風太郎

不能と不犯の差は無限にて秋胡頽子（あきぐみ）のかそかなる澁咽喉にさからふ

コモ湖畔への移住いま切に戀ふ歌の亡靈に席をゆづつて

歌は殘り歌人ほろびてまたの世の秋冷銀砂敷きたるごとし
枯萩を打つ夕霰死は近しなどとおもひしのちのおもひは
盡忠報國なほ尾を引きて金網の中にうしろむきの白孔雀
兩斷の刹那海鼠（なまこ）がうごめけりそれはそれかならずしもナツィス！
知命と致命の境おぼろに年明けてきのふ伐りたる紅梅一樹
情死も小生にはことのほか羨しく候　槇によこなぐりの雨
めぐりあひてそれも敗戰以後のこと病める肝膽かつ翳りあふ
氷室町長瀬死と聞きてほほゑみし星空の藍ふかかりけりな

辛夷(こぶし)にくれなゐの花無しコーランの六十六章多妻離婚の件

わが心越ゆ

父の痛風知つて訪ひ來し初蝶か　フラ・アンジェリコ、フラ・アンジェリコ

萬象のうつろひやまずともかくも死は他人事(ひとごと)として夜の櫻

啄木嫌ひのすゑのおとうと百キロの柔道のアンダンテのあゆみ

死ぬほど退屈などとな言ひそ花冷えの夜の越天樂(ゑてんらく)わがこころ越ゆ

大盞木(たいさんぼく)の初花に雨ふりそそぎ愕然たりわれに妙齢の弟子

女殺しにきたるにあらず樹々の間の夕日みづみづしき花巻市

鏖殺(あうさつ)のはるかなるかな詩魂もていくばくの詩歌殺したる

をがたまのかをる二の宮狛犬もあへて言はば權力の飼犬

桐の花咲きおくれたり膵臓のありか泣きたくなるほどひそか

二瓶(にべ)夫人の喪にぞ罷らむ青葉寒(あをばざむ)かなしみがわれにおくれてはしる

パスカル氏獨身にして睫毛濃し百樽の薔薇色葡萄酒(ヴァン・ロゼ)を横領せり

殘暑見舞を存否うたがはしき友に書けり　紅花の季節過ぎたる

逢はざらむ逢はずかへらむ帷子辻(かたびらのつじ)四時過ぎの白さるすべり

人生九十小千谷縮(をぢやちぢみ)の膝割つて母がすわればすずしふるさと

妹の舅の美貌うらにはの枇杷があきれるほど花つけて

秋霖(しうりん)日々プーシュキン論脱稿の豫定相立ち申さず候

またの世に林檎糶(せ)らるるかなしみのスターン・ローレル、オリヴァー・ハーディ

遠方に彼奴(きやつ)が死にたるごときかなわがゆくて歡喜踊躍(くわんぎゆやく)の霰

酢牛蒡の切にかをりて正月と呼ぶ月の死のごときしづけさ

寒蜆の味噌汁に舌灼かれつつおそろし歌を捨てえざること

初大師また講中が御詠歌をさらふすさまじき寒の鈴蟲

群青の霞いさよふ一月の寝釋迦のふともものあたりにて

賣文の百枚かかへきさらぎの驛にあり片町線放出(はなてん)

小豆粥咽喉(のみど)を越えつなまじひに息災といふ怪(け)しきやすらぎ

ぬばたまの鱘卵(キャヴィア)くらはむ不肖とは父よりも天に肖ざるなり

たましひ沈む

婿を迎へて父がはなやぐむらさきの葡萄牙(ポルトガル)まで晴れわたりたれ

われのゆくへをわれのみ知らず水無月のいのちほとばしりて九頭龍川

桃の實ころがりたりとし聞けば黄泉平坂(よもつひらさか)も歌枕にかぞふべき

妹の墓はまだ生木(なまき)のままのみなづきふづき日影ちらちら

何をさしぐむ前座菊亭千里丸(ぜんざきくていちりまる)のさしておもしろからぬ「たらちね」

生きのこる不幸といへど舌を焼くもの戀し珈琲店プラトーン

花巻驛より乗りこんで席三つ占むふてぶてとして憎(にっく)き美丈夫

一人息子はソウルに戀を得たりとぞあからひく明洞(みょんどん)のくらやみ

乾(いぬゐ)のすみにわれが植ゑたるはしきやし桃苗すでに夭折の相

紫苑族(しをんぞく)・花芒族(はなすすきぞく)、通夜(つや)の座につらなれりこのひややけき亂

いかなる不祥事をたまはるか秋やけさカンガルー便發止と届く

まむかひて秋風を行く今生にわれは何を歌はざりしか

使命と死命分きがたきかなあかときの泊夫藍（サフラン）ふれあひて露ほろぶ

生きてゐる證據に病むと言へりける父　藁くはへつつ走る鴫

こころあそびてたましひ沈む霜月のひるやあけぼの色の生海膽（なまうに）

帆立貝むさぼる皓齒晶然（しやうぜん）たり大器ならざれども晩成か

久潤を敍（じよ）すも敍さぬも口髭の鬱としげりて依然ドン・フワン

冬のあぢさゐさゐさゐさやぎつつあるを後天性免疫不全症候群

あさもよしこだま特急七輛目發車三分前の淡雪

こころとどかざれどもかなた石牢にラダメスが朗々と悶死する

借財の何をおそれむ金主棲む十二月の片町線鴫野

「魔の山」の巻末まではははるかなれど立春の雪胃の腑に甘し

わが才のかけらあやふしうちつけに聲のみて氷上の海石榴(つばき)

錫婚(しゃくこん)の式はなさねど侘助のたけをこえたる總領息子　ルビはママ

花はかすみにかすめりけれど半生の何すててわが歌のこりけむ

鳥貝咽喉(のど)につめて死んだる俳諧師ありとぞ春の驟雨きらきら

花曇りこころ冷えつつ曲藝の猿よりも猿回しに惚れて

葛切にいささ風吹き舌さむし佛滅はかかる晝なりけるか

無用ノ助の右眼が見つつある桐の花今なにを悲しまざらむ

みのらざる牡丹といへど白南風（しらはえ）に時じくの離縁状七行（ななくだり）

相照らす

若狹の實家より應（いら）へなしかぎろひの幽靈を飼ひはじめたるか

みちのくへ星見にゆかむ聲ふとくさらばてふひとことを殘して

まだやまぬ雨の端より虹となり放蕩のこころしばらくひそか

志いまさら遂げてなにになる白南風（しらはえ）にくたくたの白牡丹

花筏花終らむとしてしづか相照らす肝膽のはかなさ

夏至の風巓頂を掃けり秀才なら束ねて賣りに出すほどゐる

白雲木の梢白雲をまとひつつ　念ふたれから先に老ゆるか

煤掃きの煤ぬばたまの舊戀の艷書一通あらはれにけれ

三椏の花ぞ咲いたるふつふつと戀にかかはりなき生の涯

春蘭のみどりのにごり男とは或る日突然ひとりになる

西歐七月暦

七月一日　成田空港南翼にて

白南風のあしたうしろに童顔の刺客ジーパンの五つポケット

七月二日　シュタインアムライン、ライン河源流にて

面體（めんてい）漁夫めきたる一人われにわが生國を問ふいづこにせむか

七月三日　ユリヤ峠にて　海拔千二百米

迦陵頻伽（かりようびんが）に逅ひたるごとしたまかぎるリルケ讀むてふこの山男

七月四日　サン・モリッツ　水晶（クリスタル）ホテルにて　アメリカ獨立記念日

アメリカ人十數名が降つてわきたちまち消ゆる　ホテルおそろし

七月五日　ピッツナイール山頂にて　海拔二千米

星より通信ありと思へば燦爛と鼻先に七月の銀蠅

七月六日　キアヴェンナ、瑞伊國境にて

スイス國境踰ゆるまぎはのリラ一枝たましひの水際をかすめたり

七月七日　コモ湖畔にて

火傷するほどの氷菓をわれは欲りエステ荘絲杉の黒き渦

七月八日　ヴェローナ、スカリジェーロ橋畔にて

なめられてたまるか七星銀行の店頭にダンテ面（づら）の守衛

七月九日　ヴェネツィア、モーゼ廣場にて

やすみやすみ冗談を言ふ短夜（みじかよ）のまどゐ　クレリチの「乾けるヴェニス」

七月十日　ローマ、グレゴリオ通りにて

玲瓏と夏深みつつうすずみの蝮かくろふヴァティカンの方（かた）

七月十一日　レオナルド・ダ・ヴィンチ空港にて

驅落ちてふ言葉ありける落つるほどの高みに戀をそだてゐたるか

七月十二日　伊丹空港出口にて

屋上に退紅の褌（こん）ひるがへり名もなき颱風がちかづける

七月十三日　八尾萱振（かやふり）にて

位相幾何學どころか文月十三日（ふづきじふさんにち）歩きをり生きのこりの蠶が

七月十四日　四條畷蔀屋（しとみや）交叉點にて

炎天に疊を干せり死に近くかつかぎりなく遠きにほひす

七月十五日　鴻池自宅露臺にて

敗戰記念日までに一月（ひとつき）みじか夜の闇にやみより濃きひとところ

七月十六日　廚房にて

晩年と思はず言はず夏ある日 薑（はじかみ） にだしぬけの 紅（くれなゐ）

七月十七日　東大阪善根寺にて

妾腹の祕密洩れつつあることもがさりと仙臺平の花婿

七月十八日　楠風荘郵便局裏にて

戀の終りといへど疾風（はやて）の風下（かざしも）に鎧袖一觸の鳳仙花

七月十九日　寢室にて

高熱ののちの盗汗（ねあせ）に脚濡れてかちわたるあかときの奥入瀬（おいらせ）川

七月二十日　布施蛇草（はぐさ）にて

大瑠璃（おほるり）鳥瑠璃の聲まきちらす夏の空なにが不足で歌人になるのか

七月二十一日　梅田茶房「沙羅」にて

眼光紙背にとどかずなりて空梅雨（からつゆ）のきのふあがなひける烏犀角（うさいかく）

七月二十二日　大東市諸福にて

脈診のわが醫師の掌（て）のひややけき七月　飢ゑて雉子（きぎす）翔（た）ちたり

七月二十三日　攝津市鳥飼にて

無頼派風運轉手二十六、七かわれ乘せて飛ぶ鳥飼大橋

七月二十四日　大正區胡桃橋にて

帆柱に帆が卷きついて七月のまひる女犯（によぼん）を知らぬ牡犬

七月二十五日　東大阪横枕にて

夾竹桃四方に白し白すぎて原爆忌にあと三百時間

七月二十六日　京都北野紅梅町にて

翡翠のカフス釦うづらの卵大（たまごだい）遺言にわれを指名するか

七月二十七日　阿倍野松蟲通にて

語りつがむほどならねども晩夏（おそなつ）は馬力（ばりき）の源（げん）が仁王の刺青

七月二十八日　客間にて

山羊の乳どろりと夏も過ぎゆくを戀文のしたがきが見つからぬ

七月二十九日　茨木錢原にて

みじか夜の耳おとろへて俳人を癈人と聞きちがふ一瞬

七月三十日　吹田藤白臺にて

一夏（ひとなつ）のわれやなにせししらつゆにそびら割かれてうつせみひとつ

七月三十一日　書齋にて

文學の塵掃きすててなほわれの部屋の一隅なるゴビ砂漠

千變

すわりなほして獨活（うど）かじりつつおもへらく晩年と呼ぶうら若き年

昭和盡きむとしつつ花冷え青葉寒（あをばざむ）朗々の歌あとを絶ちたる

歌ひおほせて何はばからむ松の花散りつくしたるのちの虚空（おほぞら）

わすれぐさつひの一花（いちげ）を薙ぎはらふゆめうるはしき相（すがた）にはあらず

火雷（ひがみなり）とどろけるのみわが父母（ふも）は父たりけるか母たりけるか

不幸をわすれゐたるが不幸たそがれの曼珠沙華退潮のひびきす

灌水もまれまれに花終へてけり自縄自縛の鉢の鐵線（てつせん）花

夏ふけて肝膽淺葱いろふかし今ここにこのわれある不可思議

八鹿町（やうかちやう）より殘暑見舞がとどきたり無心の文は紅葉（もみぢ）のころか

何を犯さず一日すぐせし犯罪の犯は氾濫のはじめに似たる

夕映の石榴にこころいさよへり生死（しやうじ）いづれか愉しからざる

防人（さきもり）のごとくやつれてハンガリア歸りの友がチーズ切りをる

狹野木綿子刀自（さのゆふことじ）みにくくてうららけし今日水盤に眞水活けたり

罰杯のこの一杯の果實香（くわじつかう）死後にたまはる罰にあらぬか

美しく老ゆる研究うつくしく殺す方法　初霰ふる

オセロが妻を縊る刹那のベルカントそのころ何で忘れてよからう

超人類と呼ばば呼ぶべしほほゑみて輕妙に「海征かば」を歌ふ

袴さばきのたとへばわれをしのぎつつあはれ猿芝居の次郎冠者（じらうくわじや）

山川呉服店破產してあかねさす晝や縹の帶の投賣り

豚の腎臟くらひつつバッハ論じゐきたしか二時間前のわが生

他界には四季あらざるか寒夕映そびらを照らすときにおもへば

傾くものはすべてかなしく三代目薔薇園主晩年の大胡坐（おほあぐら）

春愁てふ愁ひありけり屑買ひの荷の中にダリ畫集の斷片

春の萱芒（のぎ）さやさやと脛（すね）を擦りいま一度愛しなほしてやらむ

白牡丹ふりかへりたるたまゆらの蒼（あを）　遺言書したためなほさむ

何を歌と信じゐたるか沛然と驟雨過ぎつつありし韮山（ひるせん）

言の葉はすでにこころにあまりつつせせらぎの音こもる萩群

生の極みにたれをおもはむ辣韮（らつきよう）の酢のしんしんとすずしきこころ

われや斷じて買ふこと無けむすみれ色けむる遠近兩用眼鏡

戻り梅雨角の菜館「蘭亭」の趙少年が飛燕の出前

夢のかけら

すでに失せたる昨(きそ)の夏萩生き生きていまだ詩歌の死にゆきあはず

ほかにおもふべきことあるに秋の夜の薨去の薨の夢のかけら

秋雷のはるかなるかなこゑのみて天來の二句切れを葬(はふ)りき

好きで歌人になつたりけるが食卓の男郎花(をとこへし)三日目に殘骸

「琵琶行」のをはりあやしく誦(ずん)じつつまた世におくれたるひとときか

セント・ヘレナ流謫(るたく)顛末(てんまつ)冒頭の部分欠きつつ四月の霰

明治なつかしからねどふつと口を衝(っ)き〽哭いて血を喀くほととぎす

　　　わがこころ酔ふ

吉言(よごと)餘白に侘助咲けるやとありきその一行にわがこころ酔ふ

生あるうちに沙羅の初花咲かさむずシャヴェル逆手(さかて)に立つ寒の庭

冬紅葉まゆずみいろに昃(ひかげ)れり晩年より百歩ひきかへさむ

短日の西あかるくて貼りをはりたる十枚の障子のちから

晩餐のさま見られつつ雪の日の他國にありきわれらも他人

逆鱗

ながらふることの不思議を秋風のゆふぐれうろこぐもの逆鱗（げきりん）

大貳三位の墓に生えゐし男郎花（をとこへし）などとみごとにたばかられたる

銃創のいづこと聞けば片肌を脱いで見せたり木犀の闇

霜月のデリカテッセン月明にみどりごの罐詰は存（あ）らぬか

たまには嘘をついてみたまへリルケ忌の突風が二軒長屋をゆする

元戰犯たりし岳父が花婿をひとり占めして濃きふゆがすみ

涅槃西風（ねはんにし）しきりに激（はげ）し鎖（とざ）せれば核シェルターのごとしキオスク

山川(やまがは)のたぎち終れるひとところ流雛(ながしびな)かたまりて死にをる

花楓朽ちつつありき愕然として五十　慄然と六十

おそろしき萬緑のなか男童(をわらは)が玩具(おもちや)の汽車の汽笛一聲

エリック・サティ七日聽きつつ聽き飽いて身心針のごとく痩せたり

歌はざるに及かずされどもあかときに一莖のつきくさが虚(きよ)の藍

ヘヴィヴァースの坂井修一霜月の體貌閑麗(たいばうかんれい)にしてわれを見おろす

鹽竈に潮滿たすべき秋眞晝死ののちの死をわれは思はむ

既死感

一月の仁王門なるうらわかき仁王　うつくしき火事はあらぬか

玻璃戸のかなたなる逢引を諷詠すすなはち既視感か既死感か

夢滴翁(むてきをう)歿後二年の寒昴(かんすばる)うちつけに本名(ほんみやう)を思ひ出でたり

何をうらぎるべきか花眼(くわがん)にあざらけく出埃及記(しゆつエジプトき)紅海の紅(こう)

下弦の月あはれ危し奈良は今日大安寺癌封じ笹酒祭

街から出てうせろと叫ぶ保安官花冷えの夜の西部劇果つ

初夏(しよか)あはれ流説(るせつ)の一つかぎろひのピュタゴラスは蠶豆(そらまめ)を好まず

花曇り水銀のいろたれにしろ死は死ののちにしかわからない

逢はずしてとげたる戀のみづみづしその夜の杏かの日の扇

立浪草（たつなみさう）匂ひあらねどこゑに出て〳〵杉野はいづこ　杉野はゐずや

桐の花われわがために咲（ゑ）まふことありしや模糊として數十年（すじふねん）

初節句 赤黑（しやくこく）の鯉ゆふぐれを疊の上に息絶えてける

白南風（しらはえ）にむかひてあゆむ刻々のわれのそびらにはためく齡（よはひ）

蕗・セロリ・目箒（バジリコ）・薄荷・紫蘇・茴香（ういきやう）、睡るみどりご夏の七種（ななくさ）

思ひ出でて舌打ちするも追善の一つ　ヒトラー忌の蓖麻（ひま）の花

何思ひゐしあかつきか夏萩の咲きはじめつつ散りそめにけり

歌はざりし十日がほどの愉しさにこゑ嗄（か）れて淡青（たんせい）の夏霞

母に逅はむ死後一萬の日を閲（けみ）し透きとほる夏の母にあはむ

花木槿紅（こう）をまじへずそのむかしますらをの挨拶に「賴まう」

麥落雁一函（ひとはこ）置いて去りしとぞ刺し違へむと思ひける過去

木苺（きいちご）に颱風一過歌捨つるとも歌に捨てらるるなかれ

三代目總領妖婦然として桔梗色（きちかういろ）の車洗へる

ひととき後鳥羽院に肖てゐし夕雲が突如支離滅裂に耀（かがよ）ふ

眞冬ピアノを叩くことさへあはれなる萬歲莊管理人の過去（すぎこし）

言靈の冬遠目にも暗紅にあららぎの實がくさりつつある

花ならぬ花

寒夜水飲みつつ眩しきは腹中に薔薇(しやうび)一輪大の肝臓

「魔の山」の星ぞ戀しき銀婚のその夜枕頭を過ぎし烈風

音樂の殊にヴァイルの周邊がざわざわとして木天蓼(またたび)に花

あかときと一杯(ひとつき)の濃き林檎酒を欲りす歌忘れゐたるよろこび

夜(よ)の菫あはれ漆黑ははそはの母そはそはと死におくれたり

百合の木の何ぞさわだつ歌こそは往きゆきてつひに還らぬ心

汝（なれ）と別るべき志摩の海答志港鰆網曇天に垂れたり

菖蒲湯にうつし身の香をとどめたる父ありき思ひ出さず忘れず

樗（あふち）うすむらさきの雨ふり新聞のいたるところに戰爭が歇（や）む

今生ののぞみといへど六月の霰二月の夜（よる）の向日葵

鶉の卵舌にまろべりかかはりはあらねアンデルセン不犯説

母の夏ごろもは黑き青海波（せいがいは）この波の間になにゆだねけむ

父の齡（よはひ）とくに過ぎつつふつふつと黑文字の木の花ならぬ花

夏のかなしみの一つぞ蚊絣の千匹の蚊のこゑなき和讚

はじかみの香りはかなしうつそみに食道と呼ぶ暗き間道
歌ひたるおほよそは虚(きよ)の照り翳り弓なりに曇日(どんじつ)の桔梗(きちかう)
底なき秋のゆふべとおもふ飲みくだす冷水にたまゆらの菊の香
歌は生(あ)るれど何の形見ぞあかつきの秋風が肝膽をかすめし
秋風にさからひゆけば懷中にさやぐ賣文三十數枚(すまい)
鹽斷ちの乳兄弟などあらざるに明るし神無月の桃林
新雪蒼し足踏み入るる一瞬のこころよきかな相馬大作
壯年のきはみに見たる枯山水(こせんずい)石はつはつに雪をいただき

われと竝んで睦月の暇もとほれり吹けど飛ばざる青年二匹
曇天の底の銀泥　執しつつ歌をにくみて歌に果つるか

跋

龍變

昭和六十一年晩夏以後六十三年早春までに發表、もしくは制作した作品の中から、私の定數三百三十三首を選んで、第十六歌集『不變律』と名づけた。第十二歌集『天變の書』以來、『歌人』『豹變』『詩歌變』と、ほぼ二年の間隔をおいて「變」を志し、かつ歌の何たるかを自問しつつ試行を續けて來た。前歌集が圖らずも「第二回詩歌文學館賞」を受けて、同時受賞、俳句部門・加藤楸邨氏の驥尾に附し、盛儀にまかり出たのが、六十二年六月、續いて八月三十日には、大阪ガーデンパレス・ホテルにおける、有志の慫慂による「塚本邦雄の變を嘉する會」開催の榮をかたじけなうした。

宴果てる際(きは)に、私は、百歳までながらへて、『神變』と呼ぶ歌集を上梓したいと、夢のまた夢に等しい冗言を弄した記憶がある。變を好み、變を志し、變に執し得るのは、ひとへに、短歌と呼ぶ黄金の定詩形が、五句三十一音の、永久不變の律に統べられてゐるからであつた。この當然、この常識化した不可思議に思ひ及ぶ時、私はいまさら、不變の變、あるいは千變の絶對不變とも呼ぶべき形式を、初心に還つて追求、把握すべき決意に迫られる。ライトヴァースと言ひ、ヘヴィヴァースと言ひ、あるいは正述心緒と言ひ、餘情妖艷と言ひ、歸するところは千變の中なる一變一變であらう。すべて歌ひ盡したと自足する至福の時は、永遠に、いかなる歌人にも到來することはあるまい。

なほ六十二年十月末、懸案の自選歌集を編んで『寵歌』と名づけた。序數歌集十五冊の他に、未刊歌集二冊、間奏歌集一冊、計十八冊、總數五千百餘首から選りすぐつて、三割強の一千七百數首を收録した。この集もまた、心あらたに精進すべき一つの轉機を作るための上梓であつた。青春と呼び壯時と呼び、また晩年と稱するのは、もとより生理的な年齢と無關係ではあり得ないが、世に二十歳の老人も六十歳の青年も多々實際に存在する。奥義を極めるには半世紀を要する。六十の初心、七十の創意こそ、この不可思議にして不可解な韻文定型詩を解明し、その機能を十全に發揮させる大きな力となるだらう。

六十一年晩夏以後他では、五十二年春に始まる『茂吉秀歌』五巻本最終卷を六十二年八月に開板、評論集『先驅的詩歌論』、隨筆集『うつつゆめもどき』、間奏歌集『風雅』、句集『俳句の現在・別巻1「甘露」』等を公にした。恆例の歐洲草枕は、六十一年夏に、南佛カルカッソンヌとペリゴール地方を周り、六十二年夏には、コモ湖畔とティヴォリにあるエステ莊に遊び、いささか見聞をひろめ歌枕をかぞへた。

本歌集は、『歌人』『豹變』、前記『寵歌』に續き、花曜社林春樹社長の高配を得た。編輯・裝釘・造本は常のごとく政田岑生氏の宰領にゆだねた。兩氏に深謝申上げる。

昭和六十三年二月四日立春

著者

波瀾

波瀾
一九八九年八月十三日　花曜社
A五判　貼函附　丸背　二二四頁
装釘　政田岑生

松花變

ヒマラヤの罌粟の紺碧　短歌てふこのみじかさの何をたたへむ

雛壇の十二、三人くたびれて六波羅に流れ矢を待つごとし

一瞬南京虐殺がひらめけれども春夜ががんぼをひねりつぶせり

螺贏少女春のちまたをゆきもどりながながし五句三十一音

鉛筆のあとかどかどしわが春の素描たまだすきうねびのやま

月下氷人月下に想ふ青年はその母の面影を娶りし

長歌好むと言ひてしたつづみをうてり酒房「菖蒲」の主人健啖

かきつばたばらりとおけば八疊の夜半(やはん)の青疊みだらなり

人にありせばなどと呟き人を見つ花しきり零(ふ)る道(みち)の邊(べ)の松

あざらけき和歌一首よみすてければあたり一瞬落雷の香

螢袋ひとたば提げて女弟子きたる推參なり推參なり

海月(くらげ)に刺されたるのみの夏すでに過ぐ述志てふはかなさのきはみ

歌と別れし神職攝津克彦がすつくと立てりけり夏袴

反歌以來の月日おもへば卓上に野分(のわき)のすゑのすゑのそよかぜ

われの末裔の一人がわれおもふ一縷ののぞみ　夜(よ)の吾亦紅

酒店青樓われにかかはりあらざれど李太白ああおほきさかづき

深草佐介酒をくらつて歌をなすああこころこそゆくへも知らね

わが歌の煌(きら)めくこともつくづくと怪(け)しき夕つ方のファクシミリ

横書きの艶書とどきてうちつけに餘寒加はる伊良子の宿り

一碧樓忌なりしや否やあかつきの寒泳見にゆかむとして止(や)む

歌を弑せり

何を歌と言ひつづけ來しにはたづみ越えて落ちたる夜半の紅葉(こうえふ)

サリンジャー死せりと聞きしそらみみの何ほほゑまむ秋の葛切

歌はむとしてわがこころやすらふや霜月の霜とならざりし露

蘭の根腐れ鈴蟲の餓死かがなべて今日世に何がおこらざりしか

神は二物ををしみたまひて晩秋の魚市にわがこころの鰭

津輕新報にて猪井幹（ゐゐかん）の名をぞ見しまだ生きゐたりかのブルータス

兩端をいましめられて鈍色にふるふ開放絃といへども

女のためにたたかひけるは先つ世の莫迦　夜（よ）の河のへアピン・カーヴ

天に鳴るは皀莢（さいかち）のさやあたらしき晩年に秋風の扉あり

ぬかるみに栃の實落ちてうらわかき日のドイツ語のヘルツ、クロイツ

夢前川夢に架かれる橋々の一つ知らねばわが歌成らず

まともにわれを見てほほゑみもうかべざる一匹の花の本歌盗人（ほんかぬすびと）

獵銃音背後に消えつこの時よりわれを狙へるものは詩歌か

鳴かず飛ばずのままに知命を過ぎけるか晩酌に「初雲雀」を三獻

すみれむらがり咲くと見たるは十階の窓より一望の墓石群

別るるより死するに及かず父は父のかなしき春服（しゅんぷく）をなびかせつ

さくらなどこの世のほかの何ならむわれは心中（しんちゅう）に歌を弑（しい）せり

知命越えたるワグネリアンが書きちらし「夕星遁走曲（ゆふづつとんそうきょく）」洒落（しゃら）くさし

みちのくは花にくらみてあけぼのも夜もなかりき　詩歌どころか

歌ひやみたる時のこころの陽おもてにうらうらと牡丹なき牡丹園

木蓮の季節過ぎつつにはたづみ踰ゆる處女（をとめ）が大胯（おほまた）びらき

昃（ひかげ）りて白山吹のかきうせつはじめてまこと詩歌ほろびし

初蟬は朴のこずゑに鳴きいでてあはれ銀箔剝がるる大空

立夏過ぎたる亂（らう）がはしさやうつつなきある日ドミンゴの「衣裳をつけろ」

白玉の飯（いひ）に花山椒そへて知らざりけれど日々が殘年

死より無限に遠ざからむとあとずさりせり潸然（さんぜん）と柿の花落つ

櫻桃（あうたう）一枝提げて立ちをり下半身裸體のヴィスコンティかあらぬか

生麥三丁目に移りたる論敵に吹き及べ初めての秋風

曼珠沙華夜の曼珠沙華花婿は短兵急に攻めおとしたる

ニーチェに獻じたればあと無したまかぎる雲母（うんも）うらさびしき秋扇

みだるる家族

山櫻垂りて弧をなすこの徑（こみち）まづは死者よりまかりとほれ

たかがイクラの酢の濃淡をあげつらひさみだれまへにみだるる家族

ほほひげ濃き男なりしか塋域の一隅の碑の「新妻玄策」

大工ヨセフの末路おもひてそびやがすひだり肩はつなつの夕暮

白南風にさゐさゐなびく草相撲小結の萬志良男(ましらを)が連敗

遊虚樂

虚空とはかくもゆたけき虚に滿ちてわが歌一首ただよふに足る

文學の何にたのまむこころもて過ぐる私市(きさいち)中古車センター

五十年先をおもへばかきくらしわが家四十疊(よんじふでふ)の淺茅生(あさぢふ)

ヴェトナム還りのジョーにつられてともどもに觀る妹背山婦庭訓(いもせやまをんなていきん)

向う脛打つてひひらぐきさらぎのとある夜はしきやし眞野あずさ

わが歌の及ばざる邊(へ)に春の霜あまねきたたみこも平群(へぐり)の山

なげうつや荔枝(れいし)燦爛うたびとの歌は惰性ででもうまれうる

馬盥(ばだらひ)に六月(みなづき)の水激(げき)しつつ慓然と白樂天の溺死

キーウィくらひに今宵のつそりあらはれよ童顔の曾我五郎時致

花鳥百首

水は鋼の香にただよひて百首歌の夏のはじめをうたひそびれつ　『されど遊星』

秋風の飛驒へ奔るこころ

われを越えてわが歌あらむ晴天にかくろへるひとひらの曇天

金箔の陽と銀箔の月なつかしいますこし老いてのち華やがむ

空井戸(からゐど)の蓋の鋼(はがね)に露むすびまなこきらきらしきゴルバチョフ

櫻色の灰降るなかにわが歌をおとしめよいのちの全(また)けむひとは

奔流の中なる砂金ひらめけり今宵貴様を男にしてやる

あけぼのの風にころがる露百粒(ひやくりふ)まづはおのれの歌をうたがへ

深夜水飲み飲みそこなひて愕然とあかねさす赤軍派殘黨

歌の及ぶところにあらず淡紅(うすべに)を處女(をとめ)の床にはや夕野分

秋や星のしづくしろがねわが生に亡(う)せたる歌と生(あ)れ出でし歌

夢窓國師の戀歌一首舌の上にありて八方きらめく秋風

あさもよし紀州新報第五面山川呉服店主密葬

龍膽瑠璃色にもかかはらず大學できのふも戯者が死んだと申す

秋風嶺よりの微風が遠からずわが晩年を通りすぎよう

父母なくて父母となりおほせしか喫飯のくさぐさも秋深し

莫逆の友に忘られゐたりけり秋風の飛驒へ奔るこころ

薏以仁のびちびちと鳴る比良颪パパと呼ぶなら愛してやらう

秋風かすかに朱を帯びたりと思ふにも短歌てふかくれみのがさやさや

露の葎(むぐら)はうすむらさきに今歌をやめたとしてもやめて何年

秋夜讀みつつはるかなれども馥郁と延喜式東の市菓子(このみ)の店

私生活の私(し)に霜霰懸崖の菊のうらがはひたすら暗し

酒店「つゆじも」女だてらのほほづゑの杖ふらふらと秋終るなり

言葉に溺れゐたりけるかな霜月の霜柱ついばみをり鴫

それ以後の女出入を聞かされつつ霜月まつぱだかの沙羅(しやら)の木

鶏頭のかたはらの水するどきを死者渉りわがこころこれに蹤(つ)く

疾(と)く歌ひ終れ相聞まのあたり淡水(まみづ)干潟を奔り去つたれ

斷魚溪冬のみづかさ

秀歌一首生（あ）れたるからに冬霞たなびく下の濃き眠りあり

今生のなどとは言はじ冬至りまづ美しく芒枯れたり

泊夫藍（サフラン）を泊夫蘭と書き羞（やさ）しめる吾妹（わぎも）の肩の邊（へ）の夕明り

寫生論つひに不可解あかつきとわが手庇（てびさし）に霰ぞさやぐ

魚市のみぞれのきらら古事記には大魚と呼ぶ乙女ありける

那須の粉雪ななめに散つてだしぬけに雲水がくれなゐの膝がしら

ありあけの別れといへど父が子に言ふ斷魚溪（だんぎよけい）冬の水かさ

父母(ふぼ)に孝などもとむるは烏滸(をこ)の沙汰冬の瀧錫箔の百メートル

歌一首に懸けて渇きて臘月をはしきやし火の上の沫雪(あわゆき)

破落戸(ならずもの)の葬あざらけし齋場に絨毯の蘭花文(らんくわもん)踏みしだき

一生(ひとよ)すなはち歌との一會(いちゑ)ふつつかにして冬薄原(ふゆすすきはら)の白光

牡丹雪あるいは母に降りけらしわれがうたかたなりけるむかし

歌をよむは歌を疾(や)むなり旅にして枕頭に冬の榠樝(くわりん)がにほふ

父あらばともにひらかむ冬の夜を緋々と北欧のポルノグラフィー

臘梅はすでにほろびて新年のすめらみことがよちよちあるき

天心寸前にていさぎよく落下せりくれなゐの龍したたる爪

寒旱篳篥（ひちりき）の舌ひりひりとからぶかそけき天變地異

二十二階の空氣清（す）みつつ女らがうららかに引算の家族論

⿰髟愛⿰髟隶とわれを離（か）れゆくきさらぎの言靈（ことだま）とはけぶりのごときものか

エリュアールなど讀みすてて出て來たまへ鳰の浮巢を見せてあげよう

虚報凶報ばさりとおいて薔薇色の眞晝郵便車が驅け去んぬ

十把一絡（じっぱひとからげ）の彼奴（きやつ）ら百合ケ原豫備校の裏門なる斑雪（はだれ）

兄の出奔知つて知らざることのほか生薑湯腸（わた）に沁む二月盡

薔薇をやぶからしと訓みくだす天才的若者をひつかいてやりたい

別れ別れ別れて生はをはらむに花踏むごとし薄氷(うすらひ)の月

こころは遊ぶ花なき峡

春雪のおほひあませるあらがねの土なにが歌、歌ならざるか

白侘助一枝(いつし)ささげむ晩年に香車(きやうしや)となのり秀句(すく)を投じき

歌につながる縁なればなほうるさくて花いまだしき嵯峨清涼寺

母ありき妻ぞありつつ高杯の落雁の上に別のあかつき

母に示す青岸渡寺の護符一ひらこれ持ちて他界の花見にゆけ

櫻夕映その日の梢(うれ)のうすべにがこゑのむばかりはるけし　女色(によしよく)

三十三階外壁攀づるゴンドラにたまゆら顯(た)ちてミケランジェロ

人に蹤(つ)き來しのみの半生ならざりきこころはあそぶ花無き峽(かひ)

さくらばな一抹の銀ふふみつつこの女童(めわらべ)のひらがなことば

帽子掛にもならざる壁の五寸釘舊友喜多の直情戀し

親友が仇敵のごとなつかしき日々ぞうすずみざくらしろたへ

才の限りはおのれ知りつつうらうらと錫色に身邊の木蓮

河原鶸たちまち見えぬまつぴるまTVに點歩はがゆき殭屍(キョンシー)

河馬の背に小禽あそべりおそろしき平和ののちの四月の霙

ことばこそゆくへも知らね空心町(くうしんちやう)交叉點なる紅羅(こうら)の老婆

半熟卵極微(きよくび)の噴火口を刺しこころたまゆら歌を離れつ

ことば心をしかも隠すかあるときは四方(よも)に金粉ふる夕霞

鬱金櫻ちりぬるきはをおもほえば深沈として不會(ふゑ)の明日あり

リア王の孤獨とわれの寂寥(じやくれう)とあつきかな欠伸(あくび)のあとの泪

蓋棺錄(がいくわんろく)も芥子(けし)のはなびらかぎろひの歌にいのちを懸けしと書かば

夕茜浴びて一瞬うちふるへ自動車がおのづからうごく

汝がきりぎしの背一枚晩春の月出でて見るになきがはかなさ

白砂のうへ横柄にあゆみをりいのちさびしくなりたる雉子

何を捨てて何を歌はむ旅ゆけば伊達領の水したたる胡蝶花

栃の花散りみだれつつ羽前より羽後のことばの翳りなつかし

尾張なる一つ松の花咲く

黒南風に山椒の香のまつしぐらわれこそ止めむ歌の息の根

康熙字典に草冠の切々と鮮らけしみちのくに夏いたる

さ寝しさ寝てば戀の終りぞ遠方に見えざるぬばたまの白牡丹

歌とわかるるきはをおもへばまのあたり立つ若楓琅玕のごとし

花桐の下ゆくさへや懸命の命あはあはとして昭和盡

今生のよろこびの萬分の一浴槽(ゆぶね)の菖蒲向腿(むかもも)を刺す

戀句百ならべてわれにまぼろしの戀すらあらず夜(よ)の花空木(はなうつぎ)

旱水無月(ひでりみなづき)何しに口を衝いたるか天若日子(あめのわかひこ)この矢に禍(まが)れ

歸鄉三日しどろもどろに蓴菜(じゆんさい)のあつものすする冒險野郎

私事にかまけ公事に追はれ遠方にきのふ太藺(ふとゐ)の花咲いたとか

ミス寢屋川が嫁ぎゆきたるひさかたの月見ケ丘もけならべて黴雨(つゆ)

歌人おほかた虚空にあそぶ青葉どきたのみの綱の佐佐木幸綱

わが歌のひびかざる日や花咲いてうらうらと尾張なる一つ松

松の花終るころほひうしろより源三位頼政(げんざんみよりまさ)のにほひか

こころざしいまだ朽ちざる頽齢のすさまじ　二十日越しの空梅雨(からつゆ)

旱天に金の夕映新米の棟梁が棟(むね)をつたひあるきす

黄金河骨(こがねかうほね)ここだ咲けるをよろこびて男われゆりゆられありく

氷菓しやぶりつつながらふる餘生など蹴とばして今宵ダヌンツィオ論

母の戒名忘(ばう)じゐしなり文月の一隅に撫子の濃き白

陰暦八月八日世阿彌忌ほほゑんで死ぬ稽古など十回で鳧(けり)

チェロを請(う)け出す青年二人まほろばの奈良市杏町(からももちやう)の質店

ゆきずりの鐵格子より天竺葵(ゼラニウム)ぬつと出てそれ軍歌のにほひ

花鳥風月はびこる庭の諷詠はさて措(お)いてパパゲーノを觀よう

夏終るべし夜の水に沒しつつある形代(かたしろ)のするどき肩

昨日うまれて今日は歌人(うたびと)ひさかたの天網が緋の夕映掬ふ

水の瞼

水芭蕉水をはなれて明るめりわれをはなるるなき生の影

朝顔を見に立つわれや修羅の世におそろしく閑雅なるひととき

百合の樹の花がひらりと河の面（も）にそのときひらく水の瞼か

麻畠いまだ匂へどひとづまが御（ぎよ）する猩々緋の耕耘機（かううんき）

キェルケゴールに深入りせしか伊吹山見つつこころの病（やまひ）つのる

醍醐變

I

杉の花にけぶらふ能登をかへりみつ　今生の何を見殘しけるか

朝貌市を終りまで見て引きかへすわれの喪ひたるは一切なり

夏の父げにはしきやし蒼白の百合一莖他界よりたづさへつ

とほきいくさとおもひゐたるに虹鱒の虹をななめに殺（そ）いだり吾妹（わぎも）

歌作ることを除けば善良なる悪人なりき牛蒡芳し

壮年のかくもかがやき水無月に「獨（ひとり）」てふけだものを飼ひをる

梅雨（つゆ）明くるきざしの朝の大雷雨漫畫の梵天丸眉太し

蟻が蟻地獄に引かれゆく恍惚を思ひをり死ののちにも詩歌

立志てふ言葉の無惨夕虹に遠（をち）の墓群映（うつ）ろひやまぬ

別るべしここより百歩文月の枯山水（かれさんすい）に驟雨一粲（いっさん）

大馬陸わたつみを指す曇り空とりあへず歌にいのちを託す

多分迦陵頻伽の雛とおもふからしばらく飼つてゐてくれたまへ

愛してゐたかゐなかつたかはさておいて梅小路操車場のひぐらし

皮蛋のまがなしき藍さるにても何をよすがにうまるる反歌

曼珠沙華しりへ數歩に裂帛の叫び殘してあとかたもなき

直土を秋の驟雨の過ぐる時しかり「美はたゞ亂調にあり」

マラー浴室にて狙はれき水脈引いて草紅葉薙ぎゆくは蝮か

秋は他界より來らむを風中に歌人風情の風情つゆけし

父とありける想ひ出一つ秋風に藍にほふ鉤裂きの片袖

夢の中に柊咲いて誕生日よりの數萬日過ぎにける

II

冬扇の繪のほととぎす歌ふべきこころあらずばこゑを殺せ

彼奴（きやつ）を折伏（しやくぶく）すべき歌あり歳晩に掃いてすてたる紙屑のなか

肥りつづけたる杉彦があとずさりするごとく瘦すこの寒旱

うちつけにうるむたましひ稲村ケ崎へ寒中見舞を出して

娶りせしなごりといへど一角を缺いて指環の草入水晶

成人式黑衣の處女かつ群れてあはれ判別不能のたましひ

昨日より一昨日の梅淡くしておそろしきかなまだ見ざる戀

ことばことばことばことば何なる鶴立つてのちはろばろと二月の虛空

ブーゲンヴィルにて死にぞこなひの毒舌のさえざえと二月盡の錢湯

加行僧寒の眞水をこくこくと百日の髭にほひたつなり

桂花陳酒の思ひ差しとや若主人猪口才なりわれは歌もて返す

辭世成つて春あさきかな殘雪にふれむとしつつわがこころの火

春いたるべし笹まくらけふ暮れて七戸町の一戸ともせる

魚市のあした兄（あにい）の鉢巻に一滴の紅　寒明けにけり

身命（しんみやう）のあそぶいとまや早春の蛽（ばい）くらひけるのちのうすやみ

ますらをは紺青をこそすりあはむ他生の縁のみじかき袖

紅梅のあまり濃ければ「先行く」と書きのこすゆめ遺書にあらず

通夜（つや）は通夜に過ぎざりけれどむらぎもの六腑やすらふ菜飯（なめし）一椀

御召艦榛名乗組み生きのこり伊集院（いじふゐん）某舌病みて果つ

烏蛇、烏蝶など胸中をよぎれりきみをおもふこと無けむ

花の名の醍醐に泊（は）ててわがこころわれを離れつ水銀（みづがね）の天

Ⅲ

春星のしづくのきららしかすがに君が懸命の詩歌痩せたり

詩に遠くゐればゐらるるかなしみを春ふかきオーボエの緩徐調（アダージヨ）

懲りずまに詩歌弄するわれを嘉（よみ）しいびつに霞みたり河内野は

花の定座（ぢやうざ）うたたあやふき連衆と異常乾燥要注意報

口は薄荷の香にしびれつつむらむらと突然昏しアゼルバイジャン

市長候補の中の一人（いちにん）ヨガに凝り眉のあたりのうるさき美男

徹宵百首成らざりければわが行くて怖（こは）いほど山吹が散りしきる

破産宣告そののちかへりみられざる春の蘭鑄（らんちう）あはれをつくす

人におくれて死するに及（し）かず高壓線ふるるは鬱金櫻の天邊（てつぺん）

遠方に婚儀と葬儀かさなりて今年の桐の花淡きかな

花すでに終んぬるころ漆黑の肩の稜々（かどかど）しき頼朝像

異變といふには遠けれど三歳の飼犬リラが人にさにづらふ

深夜また聽く株式市況さざなみの近江船舶十五圓高

おろかなる日本といへど葉櫻のゆふべたまゆら泪の膜

百合の木にきざす初花さて輕太郎女（かるのおほいらつめ）はふとりじしか

大盞木かたぶく花の終焉を見つつ　なにわざをわれなさざりし

百足疊（むかで）をよこぎらむとすわたりきるまでぬばたまの二分七秒

惜しむ名もふけてさやさや水無月の一日（ひとひ）北河内郡（きたかはちごほり）萱振（かやふり）

いゆししの猪熊君が諾威語（ノルウエーご）はじめたりとかふかしふかし黴雨（つゆ）

歌人（うたびと）と人に指されつかぎろひのたましひかげりそめたるのみを

われのみは

こころざしかつうつろひて夏深し千屈菜（みそはぎ）の花も花のうちか

第百歌集は瑠璃ちりばめむさてわれはなほもて往生せざる悪人

塗装工のボスがバルザックのごとく腹ゆたゆたと梁上あゆむ

歳月われの頭上過ぎつつあたらしき五合桝(ごんがふます)の角のくろがね

花筏水の邊(へ)に咲き母は死ののちもすみやかに老いつつあり

そらみつ大和や銀の六月(みなづき)に耳成山は最(もと)もしづけし

篠懸のかげふむみちのやちまたにただよひて午後の株式市況

いくさ空木(うつぎ)の花の曇りの彼方よりわれのみは死ぬることなきいくさ

燦々と二月過ぎたり越後より短刀(どす)のかたちのからすみ届く

ふる雪の白壽の父が寝返れば六腑鏘然とこはるるひびき

ブニュエルの亂

I

鱘卵（キャヴィア）腐ればバケツに捨ててわが家にも神聖羅馬帝國がある

寝室の闇紺青にさわだちてはじめに言葉などなかりける

蒸海膽（むしうに）のあけぼののいろの甘しあまし先進國主腦會議の腦

開店記念日閑古鳥鳴くゆふぐれに烏賊（セピア）寸斷して「ジュリアーノ」

風雲兒たりけるむかしきさらぎの墓域に吹きこまるるは山茶花

春服（しゅんぷく）をあつらへに行かう　霧雨を尾羽うち枯らしたる四十雀（しじふから）

銭湯にてずぶ濡れの頭(づ)がむらだてりアルジェリアほろびつつあるころか

桐の花見たることなき眞處女(まをとめ)がおもひゐがけるその花暗し

曇天なつかしきかなすくなくもわれに歌を餌食としたる半生

うちつけの泪ぞ蟬が殼のままあゆめり虎耳草(ゆきのした)のしたまで

きのふみづからに飽きたりさらにまた沙羅がしびるるばかりに落花

芬蘭(フィンランド)のトムの埒なきゐはがきを見ざるひさしきまま夏至過ぎつ

缺くることなきにくしみをこそ祝はむに何が眞夏の滿月旅行

われがわれにおきわすられて秋風の後架にころがりこんだ玉蟲

印度土産の繪更紗二丈われの身に巻けばからくれなゐの木乃伊（ミイラ）

行き行きて何ぞ神軍霜月の鶏頭鶏冠（けいくわん）のなれのはて

女殺して生きのびおほせたる過去も言はずかたらず供華（くげ）一かかへ

飛驒の驒のその馬偏のはしきやし言葉奔れよわが死ののちも

愁ひひとしからざるものとともに見つ弓月が嶽の今年の紅葉

枇杷垣へだてて日々ながめをりとなり家（や）の齒科醫夫婦に來る晩年を

をととひ來いと鹽を撒いたる押賣りがふりむけばブニュエルに肖てゐた

Ⅱ

百メートル先の帝釋鴫（たいしやくしぎ）が見ゆそのうちに歌の末路も見えむ

何あやまちしにもあらざれど夕茜背に濃くうけて息子が不惑

白魚の屍（し）をすすりゐる二月盡つひに片々たる歌人われか

空海忌まだあたらしき手箒のさりとて死の枕頭が掃けるか

光陰箭（や）よりややアダジオにぬばたまの口髭たくはへにけり末の子

彼の四月の再婚おぼろ繪本では麒麟が喉頭加答兒になつて

大瑠璃のこゑ雲母（きらら）ふるなどとわれに曲筆の才なきにしもあらず

女犯(にょぼん)にて一安心(ひとあんしん)と息子にはつたへておいてくれ　春深し

あぶなつかしき六月花嫁(ジューン・ブライド)ともかくも土星のかたちの麪麭(パン)が焼けた

聖書大辭典懷中を寒からしめ月にただひとたびのからすみ

銀香梅(ミルテ)剪つてそのひだり手ぞ豪華なるたまにはぼくを殺しに來たまへ

何をあやむることもなく夏　淺き夜の朝顏のあらひざらしの藍

夏の卵ながれやすくて三男が三階に自己流謫こころむ

平和祭の男(を)わらははしきやし空氣銃ででも警官の目はつぶせる

漁色とは何ぞむかひの少年が縞蚯蚓(しまみみず)ひとつかみくれたる

銀髪の夜はすさまじく晩婚の彼も銀婚まで堪へたるか

詩歌はがゆしさはさりながら寒蟬のこゑきぞよりもけふやや冱えて

彼が妻子もつてふことの不可思議とその生薑市歸りの移り香

向う横町ゆく妙齡の影くれなゐ腹中に麒麟兒がねむれるか

銀木犀　詩嚢がこの後十年で涸れるならかうしてはゐられない

高層住宅屋上よりまつさかさまに視線をおとすわがクリスマス

Ⅲ

こころはひびかざれどもあへて琴線といはむ六弦琴（リユート）のかたちの母よ

半透明の言靈寒天のごとしばらくはあやつられてやらう

身心をさなかりしかの日のおどろきは志摩の漁師(れふし)の手の鱓傷(うつぼきず)

微醺(びくん)こよなき男ぞ花に一獻(いつこん)といひて百獻さしつつ昧爽(よあけ)

人妻をおくりついでの長旅に周防四月の更紗木蓮

闇の茴香(ういきやう)ひかがみにふれ香れるをわれよりほかのたれか天才

酢(す)薑(はじかみ)ことしの辛み末弟の百年の戀今朝醒めにけり

死者も不惑越えゐき通夜の玄關に紅緒にじみて片減りの下駄

忘ぜむとするそのきはにうしほなしさしくる戀や石榴散りはつ

胃にしづみたるエスカルゴ　文月の濕舌がわが市街をおほふ

屋上ビアガーデンのあかつき倒れゐし椅子百脚がうごめきそめつ

殺すべくして殺さざりける彼奴（きやつ）のつら長刀鉾の長刀翳る

無月にて闇のつぶつぶうるほへり戀あらざれど近江の夜空

生きてゐざることがおそろし一莖の伊勢撫子にとどまる野分

荒布（あらめ）三メートルをかひなに垂らしたりこのわたつみのわかき人妻

讃岐不動産店仕舞「物件」がくれなゐにふちどられたるまま

露の秋の露の中よりきこえくるピアノをさなし和音をさがす

向ひ家に泊る白珠少女見し七日八日のあさきえにし

母の五十回忌修せむ飛龍豆（ひりようづ）の銀杏のあるかなきかのみどり

冬瓜（とうがん）のあつもののぬるし畫面にはどろりとシルヴェスター・スタローン

初花の言葉むしるを推敲といへりみづからの歌の息の根

不忍戀

歌はざるこころざしこそ　さらばいざわれにみなぐれなゐの冬扇

黄落（くわうらく）の黄（くわう）寸前のあかつきを大音聲（だいおんじやう）に呼ぶ一樹あり

人形店に等身大のヴァレンティノおいと聲をかけたが返事がない

芒野に一抹の紅「忍ばざる戀」てふ題を歌つてみせう

夢に入る訃音の韻ぞくろがねの南部風鈴切りおとさむず

戀に非ず

玉霰うなじを打てりあまつさへ額打てば湧く極左のこころ

なにわざかわれもなしつつ虚空より見たる九頭龍川縷のごとし

青杉をおほふ沫雪短歌とはなに滿たすべき器にもあらず

海膽口中にひろがりつつを朝餐の扉の外は火の海にあらぬか

家移りのこの核家族五寸釘拔きあへず春日暮れつつあはれ

菖蒲湯よりあふるるはわが身の量(かさ)のこれつぱかりの命のかるみ

蒟蒻の花みづみづしわが敵は元禄六年知命の芭蕉

水無月の花さりげなき空色のあやふし動く歩道に酔ひて

ラムネの玉の暗ききらめき「命のうちにそれと知らするは深き戀に非ず」

男郎花(をとこへし)女郎花(をみなへし)左右(さう)の手に持てり生駒越ゆればそらみつ大和

明日こそ明日こそなどと言ひつつ紺青の野分波肝膽にしぶけり

新秋とこころぞ顫ふとほき世にありける琵琶のその銘「無名(むみやう)」

押入の床に月さし封筒のうらなる「鯖江第三十六聯隊」

秋冷のことばただよふごときかなそれ詩歌てふ虚無のうつはに
　涙なりけり

父ありし月日茫々一束(ひとたば)の木賊(とくさ)植ゑつつなにこひねがふ

水上(すいじやう)の音樂やみてあと暗しアフリカに炎上する國あらむ

涙流しつぱなしの嬰兒(えいじ)ながめをり霜月の霜もともとは露

涙あふれむとしてやみたりわれに手を引かるる母の金剛力

七十歳にして憂愁の眉うるはしこの家(や)の物置に軍旗ある
　こころざしこゆ

見るほどのことといまだ見ず崖下の車の墓に散る玉霰

戀とは何ぞ戀ふるとはそもなにごとぞ水に投ぐれば跡なき桔梗

志（し）を越ゆる歌を思はむをりしもあれ敗荷がばさと虚空を打つ

三世紀のちのある日の山川に短歌火柱立てて燃ゆるか

三十三階の窓より捨てたれば枯菊の一瞬の銀箭

大波瀾

I

生鮑（いきあはび）咽喉すべりつつわれ生きて「あゝ、人目を避けた數々の寶石」

男たるは群（むれ）をなさざること深夜シャワーより細引（ほそびき）のごとき熱湯

雪ふかくこころざし淺かりしかば新年の酢牛蒡が鮮烈なり

花に遠き夕空寒しそのむかしむかし屍（かばね）は樹上に棄てき

人を殺さぬためにも強くなるべしと說かれつ　水浴びせらるる芥子（けし）

割烹「蟲明」亭主五十にして狂ひジョルジョ・アルマーニのだぶだぶズボン

額（がく）の花いつ終りけむ父はいつ男ならざるものとなりけむ

からたちの繁みひしめく六月に柩舁（か）くてふこの一大事

アフリカ救援大會會場斜（はす）に切つて眞紅あつぱれなる乳母車

感慨のありとしもなき夏安居(げあんご)に螢烏賊提げ吾妹推參

晩夏うすずみ色の虹立つわがゆくて腐刑とは何を腐(くた)しけるか

殺すべかりける天蛾(すずめが)がついと逸れ父を毆(う)つたりけり　この殺意

秋雷のけさうちつけに華やぐを憶へばわが歌に大波瀾

たしかならざる傳聞一つ水星の水なき澤を鳴立ちしとぞ

何でふ怯むことやあるべき極彩の鸚哥(いんこ)が莫迦と言ひはなちたれ

吉川家(きつかはけ)華燭はるけき合唱の律呂(りつりよ)みだれつ　いつわかるるか

休日の日暮見に來よ枚方へ菊人形のうしろすがたを

拝啓父上今日ロダン忌の月光に螇蚸(はたはた)がはたと膝を折りたる

百アールの枯野所望(のぞ)むに見えざれど一滴の血の猩々(しやうじやう)蜻蛉(とんぼ)

今年をかへりみるたまゆらや柊の沫雪はじく葉交おそろし

Ⅱ

家持をそねむかたへに明日香風颯々とわが歌反故(うたほご)散らす

隠遁のいまからうじて浴槽に靄たなびける水遁の術

これよりわが生の跋文水中にぬばたまの鯉淡々とある

父たることを明日より辭(や)めむ春の霜はじく雉子(きぎす)の尾羽根群青

死のかたちさまざまなればわれならば櫻桃を衣嚢（ポケット）に滿たしめて

乳酪（チーズ）のごとき腕（ただむき）などと若かりし祖父がノルウェイ便りの末尾

水無月に逢はむ　ひたすらあをあをと晒布（さらし）六尺曝（さ）るる肉感

彥火火出見尊（ひこほほでみのみこと）敎（けう）河内支部長の家どこからか甜瓜（まくはうり）の香

女童の輕羅鮮黃釘投げてはるけき敵の陣地を刺す

孤獨やすらけしやすらけし水平に踏みつぶす朱の段ボール函

立ちて眞晝の境内案内（あない）してくれよまなじり甘き月光菩薩（ぐわつくわうぼさつ）

神童になるみこみなきみどりごよ聞け「むかしあるところにヨセフ」

雁來紅（かまつか）の邊（へ）に來て鳴けりおそらくは世を捨つる寸前の法師蟬

柿と子規が大嫌ひてふこの噓をたれひとりうたがはうとはせぬ

五年經（た）たば赤の他人のおとうとぞ柿投げくるるその變化球

女より生るるものを見にゆくに鈍行車いつまでもすすき野

問はるれば齡は銀のにほひして滿年齡の滿ちざるうしほ

荒淫のきのふや晝の電球にたまゆら映る遠き枯野が

枯山水の空さやさやとそのかみのわれにからくれなゐの壯年

晩三吉（おくさんきち）くらひつつふとあはれなり六腑はなれればなれにつながる

Ⅲ

畫面よぎりて眉目けぶれり黑鞘の太刀を鶺鴒差(せきれいざ)しのもののふ

仙人掌(しやぼてん)の實が上顎を擦過せりさりながら詩は志の之(ゆ)くところ

緋目高が玻璃壺にきらきらとしてそれもえらばばえらび得る死か

花冷えの一夜ふと口銜いたるは「悉く劍法駄法螺の名人」

われを踰ゆるわれとは何ぞ六月の水に琥珀色の大馬陸(おほやすで)

公園の忍冬うすぐらしここに歌人(うたびと)のゐた形跡がある

珈琲に金箔うかべつつおもふひびきおもしろき言葉に「頓死」

松の花金の香りの晝ふけてそこに立つわたくしの亡靈

どくだみ刈るやルカ教會の横丁がどんよりとして革命的なり

七月のそれも走りの野分中擬寶珠下段の構へに咲いて

河骨の骨へし折るにゆふぐれの砌の水がたをたをと搖れ

鼓ケ浦の一夜泊りに風吹いてなつかしきかな裸電球

夏ゆかむ今の一瞬波の上に搖るる形代の怒り肩あはれ

愛と呼びて戀とは言はず秋夜わがうしろに吾妹子が玉藻なす

父に初戀なきはことわりさるにてもさびしや信樂（しがらき）の秋洪水（あきでみづ）

うつせみとこころのあはひ秋深み眞水ミネラル・ウォーターの香

大伯母が不縁となりし菅江家の紋どころ三割(みつわり)海鞘(ほや)の花(はな)　「海鞘」はママ

病むにこと欠いてこころを病むといふ榮耀(ええう)ぞ　柊の全身に花

冬暑しわれの背後に眼前にただよへりこころざしの亡靈

世にもうつくしき霙ぞ夕映のバイクとすれちがふ托鉢尼

胡亂なり

ひるすぎを冷えつつ蒼しかぎりある月日のなかの今日の木蓮

ショパン「ポロネーズ」果てたりしまらくをディスク春塵とともに旋(めぐ)りつ

待たずに奔り出したるきみが桃山の桃のしづくになつてしまひき

詩經に欠伸（あくび）する罰あたりわたくしの顎を吹く神無月の朝風

茄子紺の沓下しづくする軒に愛してゐたとは何ぞゐたとは

茜空銀をまじへて今はたと胡乱（うろん）なり茂吉の「マリア・マグダレナ」

反幻想論書きなづみをりなまけもののめきてルソーの繪のなかの獅子

くろがねの

こころざしたとふればわが身中のしろがねの冬の風鈴鳴らず

I

冬扇の風あたたかし悼みつつ言葉歡喜（くわんぎ）のごとき臘月

散ればこそきみが言の葉　黄落（くわうらく）はいのちの梢（うれ）に及びつつありき

菊花宴われといまひとりのわれに一盞（いつさん）の酒いささか剩（あま）す

土を隔てて塚と坪あひ見（まみ）えゐき歌人名簿の「つ」の項に變

紅葉明りといふべき明り掌上の杯（はい）に映れり　別るべきか

ゆくべきはゆかしめてさて霜月の木琴たたくたたきあへず

花鳥風月何かは知らね西空が晴れて冬雲雀のきりきり舞ひ

心、否肉刺しとほす言葉ほし疾風（はやち）青杉のくらがりに消ゆ

歌ふべからざることあれど安らけし冬霞きみが墓域おほはむ

眼力に狂ひ生じて蕪村忌の天の昴が七つ八つ見ゆ

「ノモンハンにうち重なりて斃れしを」わが心之に向きて蒼き

むかしくろがねの哲久がわたりけむ業平橋といふをまだ見ず

寒露けふ植ゑて支柱に縛するや薔薇苗の刺（とげ）かすかに熱（あつ）し

琥珀の酒飲むことつひにあらざらむあらざるままにわれも人なる

齢九十越えなば越えね越ゆる日はわが前（さき）奔る水に梨花（りくわ）の香

今生のおもひもて見しきさらぎの氷（ひよう）ノ山（せん）あらたまのごとし

Ⅱ

紅葉（こうえふ）過ぎてむしろ華やぐ水の上にただよへりあれはきみが置文

迫眞の歌とは何を歌はざる柿紅葉水底にきらめき

小豆粥いのちの味のうすうすと人殺したることなきも恥

こころこそ寒の芒野ゆきゆきて高頬（たかほ）に紅（べに）の手傷一閃

反俗の叛俗に似るかなしみを花より他とわれは知れれど　「叛賊」か

太刀魚眞珠母色のしかばね男には一生（ひとよ）にひとたびの立志のみ

蠍座がかすかに朱し文藝を絶つにはおそすぎる年齒（とし）ならむ

正述心緒正述心緒彼岸會に雪ふりてこのむなしき量（かさ）

寫實派の實おそろしく春曉に突然の腓返（こむらがへ）り三分

うすずみに處世訓書く花冷えの夜半「殺さるるまへに殺せ」

志（し）の之（ゆ）くところ死のゆくところ春宵に歌はず歌ひ得ざることあり

泣くことも絶えてなかりき花合歡の蘂の睫毛に涙（るい）と泪（るい）の差

あぢさゐあぢさゐ朝より冥しいづかたに向ふ短歌の相（すがた）かくらし

短夜（みじかよ）のあまりしづけくひたひたと百日紅の身中の水

沈淪の木犀酒酌む秋の果てきみに代りて世の終り視む

白珠の齒は缺きつつも秋ゆゑにくらへり末期の二十世紀梨

Ⅲ

赤軍派すでに舊しと聞く耳にさやさやさやと夜の曼珠沙華

綠靑の露の葎の記憶にて「僕を見殺しにして下さい」

秋風が掃く空間に大中小新舊貧富ばらばらの墓

火の秋の風は口より咽喉(のど)に吹き歌あらたむる時いたれるか

たましひに關して言はばふたたびを國破れつつ山茶花紅し

男子(をのこ)なれば亂世に處し立ちつくすそよけさはけさ兩掌に霰

盥の水平手打(ひらてう)ちしてなほさびし映りゐし御所柿のくれなゐも

薪能班女(はんぢよ)はるかにわれを指す銀扇の銀氷のにほひ

今日生きて今日の不思議をかへりみつ冬の瀑布(たき)一瞬の薔薇色

われを視むとしてちかづくに白珠の露ばかりなる一枚硝子

金箔泛べたる珈琲が咽喉越えつわれいかにして百を越えむか

わが生にいまだまぶしき光ありゆふぐれ杉の雫音あり

老ゆるとは冱ゆることわりわがために越前の淡紅の夕虹

餘寒とあるひるのくもりに墓石をえらびゐたりき死はえらびえず

斑雪（はだれ）蒼く故國ありけむかたはらにおそらくはかりがねの屍
汨羅（べきら）おもへ汨羅おもへとかきくらし二月の水ににじむこゑごゑ

＊＊＊

きみの命脈なんでふ盡きむまぼろしの柩、六稜の星をかかげよ

窈窕たり

孔雀嶽強力（がうりき）の眼を憂愁のかげよぎりたれ雨のきさらぎ
淡雪こほりつつあり深夜こゑに出てその名うるはし大高源吾
うすべにに引く影かなし生前はたしか鶺鴒たりし吾妹子（わぎもこ）

立志より屈志あはれに三月の朝深藍の詰衿の首

殺人三件報ずべけれど履歴書に未生以前の記載欄無し

春寒の掌に卵あり突兀と山たたなはるなまよみの甲斐

遠國を引きよするかになつかしき苗札の「にほひあらせいとう」

長身のどかりとわれに向きて坐す青富士を見てきたる眼ぞ

かたびらの藍にほひたつ含蓄といふ魔の淵をわたらむとして

志學はるけし而立はるけし滿開の花桐が夕風にきずつき

六月はただまどかなる月山のそのうらがはにぬばたまのひる

萬緑に家財整理の店びらき待てしばしもうすぐ國が亡ぶ

廢品回收車を聲高(こわだか)に呼ぶ處女(をとめ)きみをみすててゆくはずがない

工藤祐經美男なりしか隣(とな)り家(や)の箱根空木にいささかの花

千屈菜(みそはぎ)科(くわ)白(しろ)百日紅(さるすべり)今ぞ散る刹那は七十五分の一秒

ガリレオ忌ななめにおつる月光を阻まむとする雲の微力

窈窕(えうてう)たる秋の處女らそのひとりひとりのうつせみの喇叭管

女郎花(をみなへし)色(いろ)の粟餅家苞(いへづと)にかへりきぬ父もさびしからう

龍膽のしたたるばかり夜はふけて銀河鐵道の脱線事故

轉生（てんしやう）の夢みそこなふ星月夜一碗の水脈搏ちはじむ

冬深しふかし讀みつつ敕撰集羇旅の部にかそかなる鈴の音（ね）

こころざし曖昧にしてうつろふを縱苗すつと立ちあがりたれ

愛人

芥子（けし）ひらく瞬一瞬にわれ思ひわれ存（あ）ることのつひにうるさし

何が天才なる　春寒（はるさむ）の目のまへをゆらりと過ぐる別の日月

寫實論五枚で切りあげて午後の蜂蜜にふと蜂のにほひ

父の家の一枚板の檜戸の鍵孔に鍵が合ひ　春夜なり

菅沼家葬儀直前葬儀屋がくりかへす「本日は晴天なり」

「愛人」とは人を愛することなれば花水母（はなくらげ）を夕潮に返す

火の國の友の便りは赤貧もやややはらぎて薔薇色の貧

未生以前の木賊（とくさ）のみどりあはあはと父ありき父ありき父ありにけむ

花店の二月の硝子紅（べに）にじみ馬よぎる一瞬の風壓

殘虹篇

歌はずば歌はぬままに滿ちなむを雨月の空の月のありか

いこはむと來しうつしみの濃き影が葉櫻のあはきかげにしたがふ

花桐の空の琅玕ゆきたしと思へども佛蘭西はあまりにちかし

白芥子に幼果きざすやとある夜の夢の杜國に哭きたる芭蕉

われを生ましめたる人の名をまた勿忘草（わすれなぐさ）の青とわすれぐさの朱

死ののちもあらむわが名をかつ念ひ慄然たり水無月の殘虹

楚辭を讀みはじめて五行はたとやむ　をととひ巨いなる月出でし

老殘の殘など思はざるわれにひらめけり朴の最後の一花

行方知れざるこころざしとや花過ぎてより華やげる博打（ばくち）の木

梨食へばあやふき犬齒この夏もわれ父として父たらざりき

核家族の核曖昧にたそがれて青磁の皿にのこれるとろろ

ミラノにてひらく旅嚢に銀木犀一枝ひそめり　叔父貴の奴！

萬葉巻四「千鳥」に栞しおきしは父なるか　遠方（をちかた）に冬霞

無一物なればわかたずたまかぎる寒夜うつくしからぬわが影

旅なれど動悸して視る美作へひたすらはしる大寒のみづ

大旦（おほあした）まづ訪（と）ひきたる一人（いちにん）は先祖に刺客（しかく）もつ美青年

またや見む大葬の日の雨みぞれ萬年青（おもと）の珠實紅ふかかりき

よろめきて壯年を踰ゆむしろ吾（あ）をささふるはたましひの殘雪

赤貧嗤（わら）ふごとしといへど花冷えの朝かろやかにわれの肝膽

春の夜の夢ばかりなる枕頭にあっあかねさす召集令状

跋　凪を望まず

第十七歌集『波瀾』は、前歌集『不變律』に續き、昭和六十三年早春に始まり、翌年、平成元年初夏までの、約十四個月間に發表した作品計五百十七首のうち、五百首を以て編んだ一卷である。序數歌集の中では、登載歌數が最も多く、制作期間は最短といふことになる。歌人として、また新たな出發の決意を迫られる時期に遭ひ、この五百首をひつさげて、敢へて大波瀾を期しつつ歌ひ出さう。ちなみに、本歌集に先立つて、去る四月二十日刊行の『ラテン吟遊』（短歌新聞社）は、私がしばしば試みる間奏歌集に屬し、跋文中にもわざと序數は謳つてゐない。從つて、帶箋の惹句に含まれる「第十七歌集」の五字は、版元の、善意の錯誤として、ここに訂正しておきたい。

第十五歌集『詩歌變』（不識書院刊）は、昭和六十二年第二回「詩歌文學館賞」を授與され、次に第十六歌集『不變律』は平成元年第二十三回「迢空賞」に選ばれることとなつた。望外の歡びとして自祝してゐる。加之、同時受賞の俳句部門作家が、はからずも、前回は加藤楸邨氏、このたびは三橋敏雄氏であつたことは、あまた裨益を蒙つた身ゆゑに、一入忝かつた。昭和三十四年第三回「現代歌人協會賞」の第三歌集『日本人靈歌』以來、三十年に近い歳月に、世に問うた歌集の數々の、その核にこめた志が、今日やうやく報いられたことに、いささかならぬ感慨を催し、かつ勵まされる思ひである。

五百首の構成内容は、「玲瓏」九號から十二號、都合四回の、それぞれ巻頭に掲げた計二百餘首と、「歌壇」昭和六十三年七月號初出の百首詠が、その大半を制する。昭和六十年以來、みづからに課してゐる愉しい苦役、一日十首制作の物理的な反映が、如實に見られるが、この修練の集積は、もはや私の抜きがたい活動基調となりつつあり、千變萬化を理想とする歌境も、この方法で、歩一歩近づき、奪取しようと考へてゐる。

月三百首、一年三千首、私の歌帖は目下數年分の、日の目を見なかつた作品の密林と化してゐるが、この密林の醸し出すエネルギーこそ、思へば翌日、翌年への保證であつた。最終歌集『神變』に至るまで、なほ夥しい試行を續けよう。短歌といふ詩型の性格と限界を測定し、その範圍内で、過不足のない、豫定調和の粋に似た、安全無害の作品制作に自足することなど、かつても考へたことはなく、この後とも、私は否み續けるだらう。

本歌集に『波瀾』の名を冠し、巻中の一聯六十首に「大波瀾」の表題を與へたのも、一にその志の現れに他ならない。明日の凄じい荒天、息を呑むやうな時化(しけ)、それを待望することこそ、現代短歌の水先案内人の一人としての、忘るべからざる心構へであらう。無風狀態の、氣の遠くなるやうな凪の、安易な進路ほど、詩歌人を衰弱に導くものはない。さう觀じて、現實には海洋恐怖症（マレフォビア）の私は、暗黑の彼方を凝視してゐる。

　秋雷のけさうちつけに華やぐを憶へばわが歌に大波瀾　「大波瀾」
　死のかたちさまざまなればわれならば櫻桃を衣囊（ポケット）に満たしめて　同
　枯山水の空さやさやとそのかみのわれにからくれなゐの壯年　同

六月二十六日から、約九個月間練りに練つた、バスク地方への旅に出る豫定である。月の終りはフランスのバスク地方海岸ビアリッツ、七月朔日はスペイン側に歩を移して、港市サン・セバスティアン。旅の焦點は七月六日の、パンプローナ「サン・フェルミン祭」で、次に「ロランの歌」のロンスヴォー峠と、研究課題も少くない。『カルメン』のホセの故郷ナバラも、それに勿論ゲルニカも、ザビエルの舊跡も旅程に繰入れた。

前歌集同様、『波瀾』の世に出るのも、花曜社林春樹社長の慫慂のたまものである。また、名だたる装釘は言ふまでもなく、作品の取捨・編輯についても、既往通り、一切を、政田岑生氏にゆだねた。記して深謝の意を表する。

平成元年六月八日　舊端午の節句拂曉　著者

黄金律

黄金律
一九九一年四月二十日　花曜社
A五判　帯附　丸背　カバー附　二四〇頁
装釘　政田岑生

玉藻よし

すみやかに月日めぐりて六月のうつそみ淡く山河（さんが）濃きかな

疾風に杏にほへりここすなはちわが山河（やまかは）のくらきふところ

太藺（ふとゐ）一莖水中に剪（き）る　今生にわれを超ゆべき歌のまぼろし

忠魂碑建てむとするか毀（こぼ）てるか曇天の底藍うるみつつ

短夜（みじかよ）のみじかさにこそやすらはむわれら　十藥の十字缺きたり

書かずうたはず初夏（はつなつ）の日々ものうきに忽然として裂帛の百合

玉藻よし讚岐に生を畢（をは）りける山川呉服店主魚意居士

右大臣は常に悲しく「眼中の血」の菅家（くわんけ）「ちしほのまふり」實朝

文月（ふづき）シャワーの銀のしぶきに風邪引いて暑中お見舞申上げず候

「東海道朝顔日記」古書市に見出でたりわが求（と）むるは「晝顔」

復活のだれからさきによみがへる光景か　否原爆圖なり

人に別れ人ならぬものにもわかれ雨ふりそむる女郎花寺（をみなへしでら）

うちつけに生とどこほるおもひあり忘じゐしこの萩吹く風

朔太郎忌の日は闌（た）けて皿洗ひ機の皿、水をあらひつつある

秋扇（しうせん）の裏よりはらり散りきたるイエスの皮膚のごとき銀箔

邯鄲の屍(し)ぞころがれるあしもとに秋風(しうふう)のゆくへつきとめたり

絶唱にちかき一首を書きとめつ机上突然枯野のにほひ

歌はざる或る日のこころ大寒に群青の木蓮は咲かぬか

くれなゐの凧が墜ちくる臘月に一天萬乗のおほきみつてだあれ

望遠鏡に刹那見えたりけり沖の巨船の廚房の手長海老

言葉は神としいへどさみだれの犀川に犀のゐざる不可思議

書生くづれの父あかねさす紫の矢絣の矢の的たりしとぞ

うつゆふの綿菓子の紅(こう)あはつけしこの美男香具師(やし)に見覺えがある

赤光忌をりから風邪熱のわれに葛湯とゆふぐれの水洟(みづつぱな)
波の音(おと)こころに聴きてきさらぎの樂屋に目つむれり知盛が
おとしめらるるほどの名あらば人の世はおもしろ白玉椿おもしろ
春疾風(はるはやて)吹き入る堂の薄闇に歡喜天(くわんぎてん)のみ歡喜(くわんぎ)したまふ
春の港の袋小路の白壁の落書 LUCAS 船の名なるか
ほととぎすかすかなりけり惡友の諫言時に睦言(むつごと)に似て
すでに初夏(はつなつ)　つらつら見れど實朝に櫻の秀歌一首もなし
たちどころに麥粒腫(ばくりふしゆ)など散らすてふ藥ためさぬままた五月

卯の花のにほふ垣根をしかと見き昇(か)かれて門を出づる柩が

旋風律

I

こころざし斷つ明日かは知らずおほぞらに雷といふすがしき凶器

こころもち寒き盂蘭盆塋域(えいゐき)の百の茶碗がさざなみ立ちて

「イエス戀愛考」その他(ほか)もとめどなくなまけつづけていきなり晩夏

詩經おほかた忘れさりけり八月の夕凪橋を突風が過ぎ

氣障なキーツをくちずさみつつ夏深しさらさら修羅に遊びつかれつ

歌ひつづけて我は通さむずその昔定家も「袖より鴫の立つ」たる

末期の姉がたまゆらデズデモナに肖つおそろしからぬ他人のそら似

木犀のやみに思へば十年來われにも一人イヤーゴがゐる

秋分の蚤の市にて見出でける銀の匙血をぬぐひたる痕

秋夜モノクロ映畫幻滅ハンバーグステーキ喰ひゐるバーグマン

天涯孤獨の天錫色に冷ゆる日々くさぐさの花あればみちのく

グレープフルーツに西陽の香なにごとも勃らぬふしあはせを愛して

崩壊する家庭がうらやましあまりにも澄みきつて腐れる梅酒

秋の水ぬるし酸つぱし麒麟兒と呼べるむさくるしき相撲取

ゆふやみ迫るころおのづから漂ひて菊人形の公卿惡（くげあく）の香

秋の弘誓寺（ぐぜいじ）居合抜きＶＴＲ美男浪人抜く手見せたり

子の惡意徐々にそだちてかぎろひの白露の珠徑約二粍

妻妾（さいせふ）に死水取らす榮耀はのぞまざるまま木賊（とくさ）に新芽

秋ふかくうつそみ熱しいつの日に翡翠てふ名の處女（をとめ）に逅はむ

雑沓に火のにほひ曳く大男野を焼き來しか妻焼き來しか

Ⅱ

初戀の記憶きらめき眼前に今日芒野が全くまた枯れたり

晩秋のかろきうつし身松蟲が餌ゑさの胡瓜の峰踏みはづす

餘情妖艶の體を詠みつつ世は秋のすゑ血脈に霜のにほひ

遠き計にこころさわぎて白珠の秋百日の果て近きかな

オテロ風の男ぞ姉が懸命の戀はかならず遂げしめざらむ

緘したる口が一瞬鯉に似てゆめゆめ夢に見まじきひと

海鼠なまこ買ひに出でてそのままもとほれる寅彦忌十二月三十一日

蒼き雪きのふふれりき検眼の結果赤道附近溷濁

父の父の父わが夢によみがへり臘梅一枝髻華（うず）に插したる

戸籍削除の空白暗し姉婿について誌さむこと五、六行

寒旱つづくある日に口銜いて「新幹線瞬間接著劑」

まないたにちぢむ　きみよりうばひたる詩魂一つかみの寒海鼠

鵲が腐肉くらへり愛別離、　愛別離われなにを愛せし

正述心緒の心緒疾風（はやて）になびきつつ時ありて雪のかをりの六腑

それ以後の曇天つづき不可觸の屋上の雪まゆずみいろに

辣薤（らっきょう）甘し日に透かすわが血脈の先天性免疫完備症候群

葛湯すするうつつに近くかつ遠く昔ブニュエルの「糧なき土地」

ロートレアモン、ロートレアモン愕然たり閃くは齒齦麻醉の鍼

隣家總領華燭けたたましく濟んで二月（じげつ）の花の一言絶句

伯父は伯母をすてたり伯母は伯父をひろひ小字鋳屋敷の冬霞

Ⅲ

はるかなるかな立志のむかし餘寒永びきて羅漢の肋がまぶし

氣色（けしき）ばんで向きなほれども春の夜のゴンチャロフとは餡の名なりし

親鸞も女愛せしとぞ　おろかなる花曇り三日つづきて

愛人とひるまで寝むに天心の告天子（かうてんし）くそやかましき天使

イエスは父に先立ちたるかおくれしか鋸屑（おがくづ）にしろがねの忘れ霜

他人の葬儀三日つづきてうそ寒き五月　十薬の花吹かれをり

ほととぎす聲絶ゆこの夏は彼奴（きやつ）の胸より述志の火をぬすまむ

晩春の移轉絢爛としてあはれ鸚鵡の籠がしんがりに蹤（つ）き

昨夜（よべ）一夜（ひとよ）闇にはためきつづけたる芭蕉青嵐の青のみなもと

花をはりたるはわが身か甲賀郡信樂の水無月がみづみづし

燕子花(かきつばた)はるかなれども眼前のボヘミアン・グラスに水湧く音す

緑蔭にをととひわれが仕上げたる一脚の無駄釘だらけの椅子

地異あらばたのしからむにわかくさの妻が蜥蜴をはじきとばす

待てばかならず凶報あらむうれしうれし梔子が三日經て褐色に

魔女といはむにはほどとほしきぬぎぬの幼ききりぎりすの舌足らず

汝の死をおもひゐるとき瑠璃色に光れりき糞蠅が一瞬

松の花兆さむとするひるのくもり妻子にわすれられてひととき

「英雄」を聽かさるる夏いらいらと指揮者勝手にしろ百日紅

ラムネ一本飲みたくて奔りゐたりけりこれぞわが奔るこころざし

供華(くげ)のあまりの一莖なれば水際の鬼燈(ほほづき)あはれ鬼のともしび

　　　いくさのごとし

英靈はげにはしきやし擧手のゆび二本帽子のふちにのこして

フランス土産のエヴィアン水をふりかけてやりぬ額紫陽花が嬉々たり

青蓮院縁起寫すとくちびるに鉛筆のほろにがき鉛

枇杷の花など知らぬが花かつひにして詩は志やぶれて還るところ

いくさ五十年あらざれば疾風に藤うちなびきいくさのごとし

明日は白罌粟

明日（あす）は明日のわれに逢ふべし兩頰をしとど濡らして剪るかきつばた

われの命終（みやうじゆう）いつか白芥子さわさわとかつては他者の死を楯としき

素性（すじやう）知られたらば素性をうりものに殘月氷砂糖のかたち

未亡人すでにほろびて舊宅はあしひきの山吹の黄の藪

百合の木を植ゑし記憶のそれのみに過去（すぎゆき）の一部分明るし

喜連瓜破驛

土佐守（とさのかみ）いな高知支店に左遷とて芍藥を刈り倒して移轉

かきつばたはなだの群のはたと暮れて乳幼兒突然死症候群

いつまでも老いざる父がぬばたまの老人會より除名されつ

「相續權放棄同意書送れ」玉蟲の廚子の切手をななめに貼つて

われには娘あらず　地下鐵谷町線喜連瓜破（きれうりわり）てふ驛名かなし

色欲と呼ぶくれなゐの珍味より禁欲の藍の眞水がうまし

半日陰（はんひかげ）以外は花を咲かさざる上臈杜鵑草（じやうらふほととぎす）の拒否權

わが額（ぬか）にとどきてさむし菩提寺の障子繪（さうじゑ）のしろがねの月光

衣川より

黄昏の不意にあやふしすぐそこに菊人形の荒武者の香

放蕩にあくがれつつを秋暮れて梨くさるさびしさの極み

百歳になつて何する　青空がかへり來てあそぶ絲杉のうへ

青果店突如ときめくしきたへの衣川より冬菜がとどき

寒滿月おもへばその日鮟鱇を前にふるへてゐたりし吾妹

碧軍派

I

星ケ谷村百八番地、元右翼老い放題に老いてうつくし

藪椿つひの一輪ころがれりまだ餘白あるあらがねの土

萬緑の毒のまみどり死ぬ方法かずかぎりなく一つも無し

ナプキンに書かるるアドレスの紅（べに）がにじみて宇治市木幡花揃（こばたはなぞろへ）

はたと懷中無一文夜（よ）の薔薇園（ばらゑん）の奥まで自轉車の轍あり

刹那の人生と言へれば水無月に流連（ゐつづけ）といふふりがなあはれ

青嵐ばさと商店街地圖に山川呉服店消し去らる

額白（ぬかじろ）の馬は有（も）たねど七月の競馬に桔梗賞はあらぬか

十階の宴（うたげ）の歌がこの世ともあらぬさるすべりに降りしきる

うつしみのうつろひ繁したとふれば肺腑沛然（はいぜん）たる雨の中

三句切れ切れつつ冱えつつ西行よりかすめとつたる砂金いささか

銀木犀散りはてたれば切にかなしキリ・テ・カナワの金切聲も

佐久良氏立つて祝意開陳ＢＧＭ「秋の幽靈」不意に消えたり

正述心緒蔑（なみ）するこころなきにしもあらず氣違ひ日和の霰

大寒に著くエアメールかう綴りどう讀みたどるとEDINBURGH（エジンバラ）

昭和六十四年一月先輩の柩ひきずるラガーの歡呼

その手で百人殺せとあらば殺さむずうるはしきかな擧手の禮とは

父は二、三遍死にかけて三月に花の博覧會のわびすけ

佛の座咲けり心にしろ何にしろまづしきものはふしあはせなり

さくらばなもつとも近き屋上に舐めて釘打つ若き棟梁

ところ得ざるはわれのみならず百束の青麥が花屋にて黄熟

Ⅱ

柿の花踏んですなはちおもむかむ碧軍派てふ旗幟（きし）のなびかば

生理的嫌惡を感ずるはイエス十字架降下以後の撫で肩

たましひを診(み)られてかへる花季(はなどき)の茨木診療所前の突風

歌のいつはりいつはりの歌そのあはひ朴のはなびらほど明るみつ

花空木(はなうつぎ)寒天色にミケランジェロ生涯不犯説の陥穽

循環器障害とのみ父の身にきのふまでなにが循(めぐ)りゐたるか

詩人たることはさておきボクサー犬カタログに選るひとときの夏

行くは赤軍派か眉濡れて肩ぬれて夏海石榴市(つばいち)の八十(やそ)のちまたに

髪洗ふ水が腕(かひな)をつたひつつ腋へ　ふたたびこころざし絶つ

御影石切りいだされてうちつけに烈日を浴ぶ　明日敗戰忌

崑崙の崙てふ文字（もんじ）はしきやしこころはここにありつつ見えず

憂きわれをさびしがらせて後架よりひびき來る吊り捨ての風鈴

アリストテレス肖像をおく違ひ棚あの闇はここの闇とちがふ

秋冷のこころぞさわぐこの世よりあらざらむ世へ時の急流

總領息子總領を得て枯葎吹きまくらるるまひるの光

寒牡丹咲くとて立つて見に出づる娶れば咳をしても二人

皇帝とすめらみことの微妙なる露骨なる差にまた冬霞

連雀のはたと失せたる三月のあした虚空に斷崖あるか

春畫の死の靜寂に一瞬間戀ふるブリキの猿のシンバル

出雲簸川郡(ひのかはごほり)に泊(は)てつ春畫の丹前にナフタリンのにほひ

銀冠の犬齒ぎらりと女衒(ぜげん)なり女衒てふ言葉ゆめ知らざらむ

III

従弟(いとこ)の遺品調べゐたればだしぬけになぜか自鳴鐘(オルゴール)の先細りの「花」

くらくらと立つ水無月の歩道橋赤の他人の老いゆくを見て

櫻桃(あうたう)のくれなゐ淡し相寄りて弱者の夏のふかまりゆくか

アポリネールのアポロの部分ひやひやと膽石症超音波診斷

父は木槿に向きてほほゑむ　千萬(ちよろづ)の軍(いくさ)に言擧(ことあ)げせざりける悔い

白粥の椀ささげつつ息はづむわれや夏負けの敗軍の將

「不逢戀(あはざるこひ)」の歌合果つかへりなむ外套に月光をつつみて

扉臙脂に塗りかへたれば秋風の次におとづるるものがおそろし

白萩に灰色の月「左大臣實朝」とこそ書き損じたれ

冬瓜(とうがん)の半透明の一かけら戀絶つて戀歌を思ひ出づ

酸素自動販賣器などありやなし因幡國氣高郡(けだかごほり)　青谷

泪あふれむとしてやむ紺青を今生と聞きちがへたるのみ

戀人の葬送の雨嘉(よみ)せむに一天にはかに晴れてしまつた

聖畫全集どさりとおけば見開きに一縷纏へるサン・セバスティアン

薔薇印スニーカー脱ぎ九階のこの露臺にて「死をこそ念へ」

涅槃會の夕べわきたつ漫才は美男シルクと醜男(ぶをとこ)コルク

すぎゆきがゆきすぎとうちかさなりて林檎くされり春のあけぼの

雨中に火の匂ひ走れり男らに抱(いだ)かれて植林の杉苗

花鋪荒井繼いだる髭の總領がわれにおしつけたり花酸漿(オキザリス)

玩具屋の八幡の藪にわれ迷ふ死んでも離さぬ喇叭はいづこ

知命以後浮沈の日々の果てにして戀ふ　われ容るる紺青の山

壹越調

三十三階屋上にして元旦の薔薇色の陽を私（わたくし）せむ

欲しきもの迦陵頻伽の風切羽などとおもひて元朝に醒む

去年（こぞ）のいまごろなににおびえてゐたりしか元旦の門にわれ仁王立ち

くれなゐの霜

人生いかに生くべからざるかを憶ひ朱欒（ザボン）を眺めゐたる二時間

ルイ・アラゴン誕生日とて退屈のきはみ　くれなゐの霜は降らぬか

三十年むかしの戀ぞ　灰皿の水に溺れて一羽の雲雀(ラーク)

沖は十三夜の明るさに翻車魚(まんばう)が生む三億の卵の光

夕原に霰たばしりすぐ溶けて童貞長塚節のにほひ

雁塔聖教序(がんたふしやうげうじよ)まねびて口かわく眼底に花見えたるこころ

蛇ケ辻菓子店納戸(なんど)ほのあかるしダリの時計の飴をください

告天子(かうてんし)あるいはおもふ音樂に蝕まれゆく下界てふもの

こころざしありしむかしの山川(やまかは)を旅に見つ武者幟ひらめく

麥秋の芒(のぎ)の視線のいらいらとレオナルド・ダ・ヴィンチ性交斷面圖

春曙抄

天災的天才とおもふいくたりかこの世にありて緋の烏瓜

愛犬ウリセスの不始末を元旦の新聞で始末してしまつた

何にやぶれてかくさびしきか深更の柚子湯の柚子を足もて沈め

洗面器に漬けたる兩のてのひらが溺死寸前春のあけぼの

人の不幸見つつゆたけき日月の牡丹のうへを過ぎゆく齡(よはひ)

ロココ調

三次(みよし)の街に晝飯くらふさびしさは北さして流れゆく川ばかり

美男拳銃強盗一人ひそみゐる群馬縣そのあたりあかるし
これつぱかりのしあはせに飼ひころされて今朝も木苺(きいちご)ジャム琥珀色(こはくいろ)
魚梅(うをうめ)の改装成れり深海のいろくづロココ調にならべて
乳飲兒(ちのみご)がわめく空木(うつぎ)の垣の內すてつちまつてすむものならば

玉藻刈る

くれなゐの冬扇腰におとしざしいざ今日はけふの修羅にまみえむ
極右極左いづれかなしき　三日前罌粟蒔いてその畝わすれたり
「眠れる森の美女」突然に目を覺ましそこに灼けただれたる歐洲

魚市のさよりの姉妹空色のなみだながせりせりのこされよ
金雀兒（えにしだ）に突風　われをさしおいて老ゆる百人あるを祝はむ
奔り奔つて新綠に死ね玉藻刈る沖田總司に空似のをのこ
わが反歌にほひいづべしかろやかに一枝一花の朴のあけぼの
十三階より眺むればあかときの救急車にはあぢさゐが似合ふ
百合一莖水に投げたり水面とわが人生のおそろしき距離
銀箋に暑中見舞を書きちらす齋藤茂吉誕生日とや
おほぞらを父のこゑ過ぐ七月の墓碑のそびらのわが名の緋文字

心おとろふる朝(あした)に新生薑ばさりとおいて莫逆の友

黄落ののちの紅落うつそみの黒落の季(とき)すでに過ぎつつ

レオナルド・ダ・ヴィンチ閑居のうすぐらき或日を想ふ籃の累卵

紅葉變　1989年10月歌ごよみ

1日　日　快晴　つゆしとどなり

花鳥もはやわれにうるさし白露といふといへども耗(ミリ)のしろがね

2日　月　快晴　人に

年齒五十に過ぎざるきみがなにゆゑに命(めい)知らむ　雲のにほひの雁

3日　火　雨後時々晴　置くならば「死に至る病」

紅葉(こうえふ)映すべき黒漆の大机買ひ入れてなにもおかざる二日

4日　水　曇　京都堀川寺之内　妙蓮寺殉國碑

いざ逝けつはもの日本男子　塋域(えいゐき)に淡き血のさるすべりも終る

5日　木　快晴　寢屋川市無量寺にて

ひひらぎの花ちりつつをかへりみば「親鸞は弟子ひとりももたずさうらふ」

6日　金　曇　更科七重孃十八歳

眞處女(まをとめ)の息吹みだれて金盥(かなだらひ)ころがれり新秋のひびきあり

7日　土　曇時々雨　名古屋行　後京極攝政に

新幹線むげに軋みて不破の關あたりにただならぬ秋の風

8日　日　曇一時雨　六月盡より數へて百日、すなはち

よろこびの底ふかくして迢空賞うけしその夜のほとほとときす

9日　月　快晴　江若線にて又從兄墓參に

みづうみの夕とどろきに目をつむる若き驛員雄琴驛にて

10日　火　晴後曇　大東市灰塚

素戔嗚神社緣のしたなる蟻地獄　今生のなにうるはしからむ

11日　水　雨後曇　柏原市雁田尾畑

葡萄園出てうちつけに額(ぬか)に來る若き葡萄の粒ほどの雨

12日　木　曇　ホテル・オークラにて

くれなゐの核爆發は共に見むいましばし死んだふりしてゐよう

13日　金　曇後晴　東京歸途新幹線車窓

言葉敵よりたまはりしかすりきずこの日薔薇色の富士を見たり

14日　土　晴　自宅ヴェランダ　出窓用小障子なれど

家族に核ありしや否や秋風に洗ひあぐればさびしき障子

15日　日　晴　日中彼岸以前の氣溫

カリグラ傳あるとき愉快なることにおのれ愧ぢつつ秋暑きかな

16日　月　曇後雨　梅田ヒルトン・ホテル

われは何ものならざりけるかこゑのみて視る紅葉(こうえふ)のをはりの黑

17日　火　曇後晴　夜半ＴＶのＣＭ

愕然と思ひおよべばシンデレラ深夜の馬車は鳳輦に似つ

18日　水　快晴　近隣盛衰しきりなり

スクーター「薔薇」のビラ一枚遺し出雲自轉車店移轉せり

19日　木　曇後雨　塙家新築上棟式

ゆふべは秋の西方昏し飛ぶ鳥の明日も屋上を奔れ鳶職

20日　金　曇後快晴　援けは求めねど

二人ゐて孤立無緣の秋ふかしみちのくの歌枕に狹布(けふ)　「緣」はママ

21日　土　快晴　この夜參星座(オリオン)流星群極大

星夜なりこころゆららにひらきみる地圖のティティカカ湖に櫂の音

22日　日　快晴　京都姉小路にて

神官裝束お仕立處すぎむとし須臾松風を聽きたるなり

23日　月　快晴　三十三巻三十三篇ありとか

莊子(さうじ)讀むそらおそろしき退屈のそのときかがよへりわが餘生

24日　火　快晴　別名玉の緒、漢名不詳

私生活に何のわたくしうやむやに景天草科(べんけいさうくわ)みせばやが咲き

25日　水　快晴　「アレバ」は「アラバ」の誤りなれば

秋風が鬱の巓頂をかすめたり「一旦緩急アレバ義勇公ニ奉ジ」

26日　木　快晴　戎橋L座にて「黑衣の花嫁」

暗黑劇はねて五人が三人につひにひとりのわれ發光す

27日　金　快晴　天王寺ZOO

知己を探さむと獸園にきたりけり秋の駱駝のさびしき笑ひ

28日　土　晴　ガラ硝子工房所見

男世帯のへんに綺麗にかたづいて鱚（きす）のマリネを食ひちらかせる

29日　日　晴　霧には見えず、排氣ガスか

秋の霞霺をひたす晝われや人とかなしみをわかたざらむ

30日　月　快晴　剝製とはおもへど、今日より陰暦神無月

翡翠（かはせみ）を鳥獸店に見たりけり神無月驅けくだるよはひか

31日　火　晴時々曇　キエルケゴールは教會墓地を意味するとか

三十一日間の日記を創作し塚（キエルケゴール）本氏は秋の風邪

渇いて候

I

元旦の素戔嗚神社御手洗（みたらひ）に袖の青貝釦おとして

われ死して三世紀後の獸園に象はくれなゐ蠍はみどり

盞に月光満たしたるのみのわかれ四十年（しじふねん）まへのこひびと

天にたまはる二物の一つ風の日は風のにほひに恍（くわう）たるこころ

花の夜の博物館にもののふが甲冑の肩がくりと立てる

リルケ知らずラヴェル聞かずのただの牡（をす）されればこそこの少女（をとめ）を贈る

烏瓜の花しろたへの網ひろげ西行男色說をうべなふ

青水無月男體山の岩肌を蹠(あうら)に感じつつ降るなり

砌の水に水葵濃しふるさとは遠きにありてにくむものか

放送の尋ね人執拗にして年齢不詳、透明の女人

わが名緋文字の墓の眞上にこそばゆきかな秋雷が近づきにけり

仲秋の茗荷はじかみ舌刺して村山槐多、下村槐太

殺したい奴が三人ゐて愉しとりかぶと群青の十月

暗綠の底にうすもみぢを祕めて鳥海山に一分の隙

罌粟蒔いてたれの死待つとなけれどもかがなべて夜に百夜(ひやくや)あまり

歌に浮かれゐるてふわれの悪名が奔らむ秋風よりも迅く

秋終るべしをはらねばならぬなりわが手の切符茗荷谷まで

男やもめ奔放にして室外へつつぬけに秋の室内樂

銀杏(ぎんなん)煮つつあるゆふつかたむらむらと西行傳の美辭數十行(すじふぎやう)

生牡蠣すすりくらふをやめよまざまざと國葬の日の霙のいろ

とほき冠雪の山見えて晩年のいつくしき季に入りなむわれは

Ⅱ

ほのかにひらく白玉椿こみどりの『葉隱』は戀の至極を說けり

雪白の紙一かかへまじへたる塵芥燒却爐の大旦（おほあした）

蜻蛉（せいれい）に固鹽まゐる謠（うた）ありきけふぞさびしき酒のさかなに

二十世紀末の立春「伊勢音頭戀寢刃（いせおんどこひのねたば）」を寢たままで觀た

遠方の春のいかづち箸を取る刹那ひびき來（く）「捧げ銃（つつ）」

黑鯛（ちぬ）一尾提げてさまよふ春曉の夫子（ふうし）なれども男でもある

わが戀のために大盞木ひらくおほらかにしてはかなき二日

さみだれの夜半に憶へばそのむかし「天壌無窮」と言ひき　何がか

青年に晩年ありて六月の水をしきりに呼ぶ出羽の國

青水無月の青うすうすとこの水にわが歌の片鱗をのこす

黒南風（くろはえ）が樹々なびかせてわれにさへ憂國といふうそさむき思惟

ホテル一軒賣りに出されつ一群の宵待草も併せて賣るのか

渇いて候　夏百日の遠景に眞紅のチェッコスロヴァキアの變

秋風の直撃をうく爆死せしまひるの夢の醒めぎはの額（ぬか）

二十世紀梨の十九世紀的甘みをうとみつつ神無月

人生の生は生(なま)なる日々はいざ聴かむ秋風の末期(まつご)のこゑ

『女の一生』に男の半生を讀む霜月の夜に湯冷めして

蝶墜ちて空氣さびしきあらがねの地震觀測所裏初霜

鰭酒に火の香かそけし四十年歌にかかはりたりける幸

鶫焼いて暗き臘月若造が愛國となど二度とほざくな

人をとことんまでうたがひてこころよし紅葉(こうえふ)散りをへて眞裸(まはだか)

Ⅲ

めくるめく過去あればなほ愕然と緑濃し大寒の曼珠沙華

明日は一家離散すべきに六郎を眠らせて牡丹雪はたとやむ

戀の旅とはつゆおもはねど石見の海ここに散兵のごとき礁（いくり）

夕ざくら夜ざくらとなる刻にしてはたとラシーヌ忌を思ひ出づ

伯備線豪渓驛の一隅にわすられて白山吹一枝

春晝のしじま食堂にこゑあつて「はやく雙生兒をたべておしまひ」

北東百粁に射水川われはいまいかなるひとのことばに憑（よ）らむ

迦陵頻伽のごとくほそりてあゆみますあれはたまぼこのみちこ皇后

今生にうたひつくして歌の名はわすれむ虚空（おほぞら）に桐の花

名をすててなにある夏のかりずまひ月ひるがほのごとくただよふ

「風」と書きたる皿一枚を額(がく)として銀婚の家今日無人なり

清貧を赤貧と聞きちがへたればまつぴるま花芒がまぶし

住所くちずさみつつおそろし晩夏(おそなつ)の雨の夜の藤澤市善行

文化の日コスモスの空よく晴れて天網のほころびが見えかくれ

秋ふかくふかくなりつつ遠縁(とほえん)の男のふところに銀時計

晩秋の霜消えぎえに旅行くとさびしきよろこびの禁煙車

ただ秋のかぜと言へれどその秋の風邪に眞珠母色の水洟(みづはな)

霜月のさゐさゐしづみ新幹線食堂車より突如酢の香が

秋ぼたる冬をとこへしかなしくばときをり死んで見るも一興

枇杷の花冷えわたりつつともしびの下に見る水責めの布陣圖

冬紅葉、綱(はがね)のごとき十二月雄ごころは男ごころとちがふ

かつて神兵

胡蝶花(しやが)みだれ伏すにはたづみ過ぎむとし一刹那國を憶ふこころ

幼女虐殺犯の童顔それはそれとして軍人勅諭おそろし

春夜歸りくれば三丁目の角に祕密警察(ゲー・ペー・ウー)のごとき棕櫚の木

牡丹剪つてしばし寂莫（じやくまく）　惡友の伊吹、神兵として果てにき

さらばこころざし銀蠅が白飯（しらいひ）にむらがりてかすかなるコーラス

酸漿市（ほほづきいち）ひらりと前をよぎりしは少女時代の赤染衛門

鳥子紙（とりのこ）の封筒の端はためきて弟子屈（てしかが）の子を書き損じたり

新綠變

突然にわが寝室をよこぎりてまぼろしの沈丁花前線

絶交のひだりの頬にすれすれに湖國の蝶もあらあらしけれ

新綠したたれる幼稚園かれらさへ生きてゐる振りが身についてきた

碧軍派一人一黨この夏もわれにつづくものあらざるを信ず

智慧熱の甥におくらむ星崎の沖の闇なる星二、三粒

花蘇枋幹よりぢかにくれなゐを噴きうちつけに死後がおそろし

片陰が急に華やぎ蝙蝠傘修繕人の荷の凶器展

プリンスホテルにて腰抜けの小結がみづぎはだつて美男なり　夏

ゴヤ展観に出でむとするや玄關にむらむらと下駄箱の存在感

一大事あまたかかへて夏の果てかみきりむしに髪を切らす

麝香葡萄（マスカット）たまはるやその不吉なる重み、東京といふ大田舎（おほゐなか）

煙草工場裏にはたづみ波うちてたとふれば國ほろぶるにほひ

志あらねば夜半家出でてをりからの秋風を呑みくだす

霜月三日のわれの冒險八百玄のおやぢとチャイコフスキー聽きに

國體につひに考へ及びたる時凍蝶(いててふ)ががばと起てり

母てふははと笑ひて立ちつくす冬の芒のごとき女人ぞ

冬苺(ふゆいちご)百の珠實に霜おきてわれは韻律よりのがれ得ず

深更は瞼にゐがく「鮟鱇」の旁(つくり)のあはれ　春ちかきかな

われにありける名利の絆月山(ぐわつさん)の山巓にして月飛ぶごとし

慄然たるものを愛(を)しみて春の夜にＣＤの「君が代」を買ひ來つ

みぎりの翼

Ｉ

空海忌なりオートバイ横轉し車輪空轉しつつ曇天

樅の空銀に曇りてわがために一握のことばたゆたふごとし

存命の尊屬かぞへつつゆくにわれを追ひ越すカンガルー便

こころざし浅かりければ六月の青嶺がわれを遠巻きにする

父はあらぶる神の一人と思ひゐしその日はるけく青き橘

水無月朔日この嘔吐感、執拗にＴＶに海亀産卵のさま

のうぜんかづら、のうぜんかづら夏籠(げごも)りのかの若僧(にやくそう)は肝(かん)病みをらむ

はつなつの夢のゆふぐれタンホイザー序曲鳴らして柩車近づく

喪の旅の妻がうすもの鈍色(にびいろ)の二重(ふたへ)三重(みへ)なすすずしさあはれ

遂げずしてかへるもふかきよろこびに見ざりき晝の夕顔の貌

かへらざる敵(かたき)を期して待つなどと何をしらじらしき水芭蕉

睡蓮一抹の蒼を帯び逢ひがたき一人一人がまた遠ざかる

核家族二つあはせて六人が夏風邪うつしあふ二十階

鸚鵡が人の言葉を忘れてしまふからまつすぐ家（うち）へお帰りなさい

花文（はなぶん）の激安（げきやす）の薔薇賣れのこり八月盡の母の忌の供華（くげ）

拝復御存じの洒落本はアンカレッジ空港に置き忘れ候

空（から）の昇降機そのまま昇らしめたるに一瞬われ在らざりき

われの誕生日ぞ朝顔の初花の青空のしぼりつかすの青

俎におけば息づくこの秋の茗荷一株のむらさきと銀

わが欲るは緋のほととぎす今生のなにに渇くといふならねども

神無月深夜おもへばわが街に藍青（らんじやう）の絹なびけるごとし

淡きかな今年の紅葉　ふるびたる『現代俳句』屑屋に拂ふ

秋風に白刃(しらは)のにほひ蛇笏忌といふ忌日名のまがまがしけれ

戀に一切ふれざるも亦戀にして飛驒のみやげの榧の實あられ

病みつつ老ゆる一人二人を思ひをりすさまじ落つる鮎のきらめき

Ⅱ

大笑ひするな吾妹よ七百年前は鴫野に鴫がゐたのだ

短日のそのみじかさを嘉(よみ)しつつ源氏「野分」の巻飛ばし讀み

ヴェトナムにあまた死せりし傳聞もきのふの今日の晝食(ひる)の生牡蠣

秋風に吹きちぎらるる吾亦紅これよりこころおきなく老いよ

寒葬(かんはふり)、柩はおもふ五分間ああそこの日向に出てみたい

風邪熱のその冷(さ)めぎはの鬖髿と生きてゐるうちに死んでおかう

イレーネ・パパスに肖たる花屋の母刀自が寒念佛に葛湯ふるまふ

神戸港元旦未明ぬばたまの黒船から「薔薇色の人生」

思ひもよらぬことの一つに隣家(となりや)の犬ナポレオン懐胎したる

七種粥の薺欠きたり食卓の一角のわれ欠くるはいつか

百年後のわれはそよかぜ地球儀の南極に風邪の息吹きかけて

單身移轉致候二月盡バス停「糺ノ森」北五丁

泡雪の泡さながらの生靈(いきりやう)に短歌は完全に包圍されてゐる

春寒のいたむみぞおちややふとりぎみの寢釋迦を仰ぎて愛す

今生は明日待つことの重なりに白うるむ加茂本阿彌椿

金屛風四人がかりではこび出す女童(めわらは)　受難劇果てたれば

薄霞ただよふひるの食卓にひろひたり　蜉蝣(かげろふ)の骨とおもふ

思ひ出すなべて太古の春のごと母が裁ちゐし支那縮緬(クレープデシン)

をがたまの梢かをりて一宮裏(いちのみやうら)にさびしき神官家族

花棗濟然としてこの町に明治生れものこり十人

まどろみの七、八分の白晝のその間に盛り過ぎたり牡丹

十日留守にせしヴェランダの夕旱もう飛ぶまいぞこの鷺草は

京都下京月讀町のまひるまを犬あゆみ女一人したがふ

右翼とはみぎりのつばさ菓子皿の櫻桃を一列に竝べつ

鯖の血の痕ある村を驅けぬけて國道に出づ　國の道とは

外郎賣り

生きて逅ふ人と人ならざる人とこのあめつちに夕虹さむし

愕然たるわがものわすれ電線に雨滴とどまりつつ二月なり

沈丁花　武漢三鎮亡ぶると提燈行列せしかわれすら

消火ホースより噴く水が火にとどくまでの三分　芥子ひらきたり

まこと歌てふものありけるか塋域に榕うすみどりの花きざす

夭折も天壽のひとつ歌すてて死ののちの夏をたのしむだらう

貧困のそこまで迫る曼珠沙華一群を消す方法はなきか

仁清四季花鳥圖扁壺千萬圓ここに屍體のごとくしづけし

何月に悪運咲かむ新カレンダー十二枚植物圖版

『親和力』閉ぢてたかぶりつつあるに「名古屋名産の外郎（ういらう）はいかが」

七赤集

茂吉はつひにつねに孤獨のとある冬林中の紅き魚をうたひき

雲雀焼いてくらはむものをうらがなし母方の祖母（おほはは）の名やよひ

バスの空席ひとり占めして桃谷の車庫へ奔れり　明日より五月

特高と呼ばれし凶器摩耗して牡丹荘養老院にほほゑむ

七、八本ある鶏頭の黑　子規はつひに識らざりけり老熟を

亡靈がまじりて走る因幡なる若櫻（わかさ）線にも雪ふるころか

斑雪（はだれ）ひととき花のにほひす海邊（かいへん）のそのかみ娼家たりし四、五軒

　　不敵なり

秋篠月清集巻頭の「春」の字にあゆみよりたる若き蟷螂（たうらう）

落つる寸前剪つたる沙羅を夏花（げばな）とす歌人（うたびと）はもとより不敵なり

ホテルの浴衣まゆずみいろの盲縞けがらはし世に經（ふ）るてふこと

萱草（くわんざう）くされはてたる晩夏　八十の世阿彌佐渡より還りしや否

われにのみ秋こそきたれ眞處女（まをとめ）のまうしろに露しとどなる山

天才百人そしりつくして晩秋の夜をゆたかにすぐせりわれら

わが胸のあたりに翳す月山(ぐわつさん)の絶巓に觸れきたりし白雲

敗荷症候群

I

アメリカ背高泡立草三ヘクタール生きて虜囚の辱(はづかしめ)を受けよ

翌檜(あすなろ)のならうことならなまぬるき平和に飽いてここ出てゆかむ

大伯父の患(うれへ)したたるそらいろのああボヘミアン・グラスの溲瓶(しびん)

死後はいさ生前くらき日常に秋いたりけり露に火の色

斷じて行へば貴様も怯むかと刈り束ねたれ芒千本

道明寺驛のこがらし香具師(やし)風(ふう)の男一匹こぼれおちたり

冬扇の手跡問はれて歌人(うたびと)と名のるもをこがましききさらぎ

遠ざかりつつちかづける死ぞ春の霰くらひてたまゆらたのし

辛夷(こぶし)咲く三日がほどのものおもひこころざし心のいづこを刺す

はしきやし生駒郡(いこまごほり) は斑鳩町(いかるがちやう) 三番地くらやみのやまざくら

花冷えの夜半(やはん)おそろしみどりごも目ざむれば四肢(よつあし)のけだもの

あざらけく夕ぐれかをる獨活(うど)一把刻みをりさきの世も妻

はだしにて犬連れありく三度目の亭主　蠶豆(そらまめ)の花終りたり

ヴィスコンティの遺産數億　あぢさゐの花踏みつぶしつつ心冷ゆ

夏に勃りうるさまざまのなまぐさき事件を想ひをり　沙羅の花

櫻桃（あうたう）にひもすがら雨　人間もバケツにて溺死することを得

夏の書院に突如まゆずみいろの影　親鸞はおほとりの族（やから）か

ヴァカンスに身をもてあますますらをがたうとう玉蟲を買ひに出た

出奔の時こそ到れ風立ちぬさればとてこの薔薇（しやうび）百鉢

サハラあたりに移植せむかなわが庭の右翼の空木（うつぎ）　左翼の櫻

Ⅱ

落鮎の刺身つめたしぬばたまのネロ皇帝の末期（まつご）に餞（おく）る

それでもなほ短歌はのこり目と鼻のさきに敗荷が右傾左傾す

寒牡丹の白濁りつつ雨に逅ふいくたび滅ぶれば濟む日本

鴫を撃つたる炸烈音か否あれは睡りの底のイラク戰爭

早く鱶鰭餃子（ふかひれぎようざ）をたべてあれ御覧アフリカで子供が死にかけてゐる

轉勤の先は汨羅（べきら）ぞ送別のさかづきに曇天をうかべて

藥湯のくらき浴槽（ゆぶね）に聲ありてあれはまさしく戰陣訓

われにつづくものの氣配のはたと絶えすさまじ寒の黑き鷄頭

二月盡うはさのたねは追儺（おにやらひ）濟ませて離散せし烏丸家（からすまけ）

すめろぎ戀（こほ）しからざるものにきさらぎの鳶色に濁つたる　潦（にはたづみ）

山茱萸泡立ちゐたりきわれも死を懸けて徴兵忌避すればできたらう

キッチンまで續く春泥かくてなほ世界に何を恃まむといふ

囀れる一群の中さへづらぬ一羽あらむに銀の夕映

世の涯とおもふあたりに桐咲いて天下無頼のわれ一人なる

塙生花店代替りこのごろの含羞草（ミモザ）まつたく羞しがらぬ

戰中派たりしよしみにふるまはれつつありおそろしき泥鰌鍋

青女房の汗の香ほのかきのふより鮎屋が大戸鎖(さ)す大旱

敗戰忌なり朝戸出に蟷螂(たうらう)を踏んで鮮烈なるあしのうら

浄書して汚(けが)す經文いまさらに新牛蒡の香がたましひを刺す

秋茄子のはらわたくさる青果市この道や行く人にあふれつつ

Ⅲ

刎頸の友と『火の島』わかち讀みゐたりしものを覺むれば亡し

深夜西部劇の青空深くして五分に一人他人がくたばる

二百十日あかがねいろの童顔の一番弟子を連れて棟梁
男泣きに泣いてくれたる杉島も鬼籍に入りき　寒の杉の香
地球ほろぶる冬ならなくにくれなゐの雪ふり佐野のわたりの火事
戀もこのへんが潮時近江より若狭はなやかなる二月なり
われさしおいて人こそ老ゆれきさらぎを乏しらに加茂本阿彌椿
男と生れたるをいささか憂へつつ萩植う　二年後は萩明り
黄鶺鴒の卵見しことあらざれど卵のごとし死の相貌は
ひらがなのくぼみ淺くて忠魂碑頌歌に春塵がたまらない

自動車廢棄場に春雨　はしきやし世界とめどなくくづるる世界

鬱金櫻咲ききはまれりカリグラ傳慘澹としてまつたく見事

五月うとましきかな庭のくらがりにゆらりと體言止めの牡丹

洪水に八橋離散　業平の末期（まつご）の水をとりしはたれか

燕子花（かきつばた）つひの一花（いちげ）に風立ちてまるつきり西行のうしろすがた

妙齡の咽喉（のど）が海芋の花に似てゐたりその一日の幸福

辭書割ればそこにひしめく馬偏の三十餘字に西陽のにほひ

雨の敗戰忌あたかも木槿咲きおそろしきかなわがいのち在る

どのすめらぎの崩御の日ともおもほえずよく見れば蒼きをがたまの花

にはたづみに須臾鈍色（にぶいろ）の光琳波　一（ひとつ）、軍人は人たらざるべし

なにおもふ

落鮎水銀色に奔れり日本の終焉に何萬日を剰すか

のぞみなきにあらず　否とよぬばたまの夕燕わが額かすめつ

世界とは何なりけるか六月の鶺鴒あはれ樹々の間を飛ぶ

それにしても今日なにおもふヴェトナムは旱天にアメリカシロヒトリ翔（た）ち

馬術部更衣室のくらやみより二歳馬が馥郁とあらはれにけり

流水一條瑠璃に奔つてこの夏のわがことをはりたる捨扇

太秦和泉式部町

遠方(をちかた)びとにもの申す夜(よ)のなかぞらにひらくは朴かはた魂魄か

ははそはの母が掃いたる八疊に月光を入れわれは出てゆく

「敵前逃亡ス」とつたへたり蕨餅食ひつつこの英雄を愛(かな)しむ

大綠蔭われの怯懦(けふだ)をさへ容れて八月十五日にちかづく

秋の虹昨日(きぞ)心中(しんちゆう)にねぢふせしこころざしうすべにのこころざし

來年の木犀の香を言ひて哭く父よそれでも死んでもらはう

不易糊賣りゐるよろづ屋があるはうれし太秦和泉式部町

花ほととぎす寝所に生けてますらをの人生は四十二から紊れる

乾鮎の骨嚙みくだき露の世のつゆのいのちとまた言はざらむ

枕頭におきて眞冬をかんがふる金魚が猛毒の魚ならば

韋駄天の松波五郎驅けつけて「俺にも處女があたりました」

乗馬倶樂部に美男の馬が牽かれきてつひに馴れざるまま二月盡

臍柑の臍はここぞと切尖をあてたり　殺さるるかいつかは

桃山産婦人科メスの音さやぎ除外例ある生のはじめ

風花樂

芒原(すすきはら)足音消してあゆみをり二十一世紀まであゆみつづけむ

林檎拳(こぶし)でたたき割つたるその香りしゆんとして車座の野郎たち

きこゆるは風花(かざはな)のそのはなびらのふれあふひびき母には白壽

わが咳のこだま冱えつつ諸國よりとどく寒中見舞柑橘

舊惡の極く一部分ひろがつて快晴の寒葬(かんはふ)り了(をは)りたり

たまかぎる

紅葉のこずゑにのこる一抹のうすみどり死に狎るるなかれ

海戰のごとし朱椀が波だちてわかめきれぎれに沈みつ浮きつ

火焰菜地下に求（と）め來つ百貨店ああエスカレーターのキャタピラ

かならず國をきらひとほさむとほくより見れば春泥に溺るる蝶

鮮紅のダリアのあたり君がゆかずとも戰爭ははじまつてゐる

跋

わが黄金時代への旅の餞

第十八歌集は名づけて『黄金律』とした。第十六歌集の『不變律』、すなはち短歌形式への畏敬の念を更に強調し莊嚴したものだが、私の短歌作品自體は、不變であり黄金であることに甘えて、こころゆくばかり試み、驗し、かつ遊んでゐる。制作期間は前歌集をうけて一九八九年朱夏から一九九一年新春までの、約十八個月、この間發表したものの、ほぼ年順編輯で、五百首に限つた。この期間の未發表作は約五千首にのぼる。

一九五一年八月、第一歌集『水葬物語』を世に問うてから滿四十年を閲した。序數歌集以外にも、巻末目錄に記した通り、數多の間奏歌集、變奏歌集、小歌集を上梓してゐるので、歌數は約七千首になるが、茂吉の計十七歌集、歌數一萬四千餘首には遠く遠く及ばない。ただ一九八五年以來の未發表作品の蓄積も考慮に入れれば、これにやや近くならう。

戰後短歌に微小な一石を投じつつ、次々と文體を變へ、貪欲に試行錯誤を重ねて來たのだが、いまだに「なにわざを、われはしつつか」の感が深い。曰く「負數の王」、あるいは「異端の美學」等の月旦など既に昔話のやうに私には感じられる。この寛容で茫漠として、しかも嚴正無比な詩形の祕奥、要諦が、四十年究めて、私にはなほ會得できない。

正・負に焦点をあててあげつらふなら、短歌を含めた韻文定型詩は、すべて

「負」を內在させてゐる。二十一世紀を眼前にして、なほ韻文、なほ定型に執するこの志は、しかしながら、單なる負ではない。その相乘によつて「正數」に豹變する「負數」である。拾の自乘によつて生じた百と、マイナス拾の自乘によつて生じたプラス百は、表面的には變ることはないが、實は根本的に異質である。韻文定型詩の負數的性格とは、この正數への變の可能性を祕めた、黄金律的「負」ではなからうか。何の變も經ることもない、凡々たる正數など、この短詩形では、かへつて劣性に屬し、過去のものとなりつつある。

本歌集とほぼ同時に、評論集『不可解ゆゑにわれ愛す』を公刊する。不可解・不條理・不思議、叡智によつても豫測解明できない何物かによつて成り立つか、それを核心に祕してゐる藝術に、私は頃日、頓に愛著を覺えるやうになつて來た。一九七六年以來執し續けた茂吉も、その作品も、勿論その範疇に屬する。少年時代から興味を有ち、樂しんで來た對象も、例外なく、この不可解性の輝きを以て成る作品だつた。そして懼れつつ內省するならば、不可解性の最たるものは、自分自身、人間自體でもあらう。

世紀末まで殘すところ八年と若干を數へるのみ。本年一月十七日に勃發したペルシア灣岸戰爭のみならず、危機は二六時中兆し、世界のあらゆる地點に硝煙の臭ひが漂はうとしてゐる。戰中派、戰後派は、その微かな豫兆にも、極限的な慘狀を思ひ描く。私の作品の各處に、半世紀以前の戰爭への憎惡と恐怖が、なほ色濃く漂つてゐるのも、反應の一例である。不可解にして愛すべからざる戰爭も、私のこれから後の主題として、絶えず露頭するだらう。作歌半世紀、思へば私の作品の中樞はこれであつたかも知れない。

恆例の歐洲旅行は、一九八九年のバスク地方探訪に續いて、半歳プランを練りに練つたフランス中央山塊オーヴェルニュ地方周遊。歸途ランドック地方、アルル地方を巡り、ついでにセートのヴァレリー「海邊の墓地」に詣でた。『サン・ファミーユ』の歌枕も幾つか歴訪するのも目的の一つであつたが、六月二十一日に日本を發つて五日目、ル・ピュイのホテルで、日本製アニメーション「家なき子」がフランス語吹替でTV放映中を目撃、以後、朝八時になると、行く先々でこれが見られた。偶然と言ふには、あまりにも符節が合ひ過ぎる綺譚であつた。歸國は七月七日、十七日間は一瞬に過ぎた。

平成二年、四月第一週から開始のNHKセミナー「20世紀の群像」の第10回、すなはちレーニン、フロイト、アインシュタイン、ピカソ、ガンジー等々に續いて、六月四日から四日間連續「齋藤茂吉」を擔當、佛說阿彌陀經やウィーン小唄をBGMに、一氣呵成に大歌人の核心を抽出して語り、みづから納得するものもあつた。また、この年の十一月二日には、秋の紫綬褒章が公表され、十二月十八日の傳達式では、中村扇雀・田沼武能氏らとも刺を通じた。また『短歌研究』昭和二十六年五月、「モダニズム短歌特輯」九人の中の一人、吉田穗高氏が版畫家として受章同席され、これまた四十年を回顧、歡談した。

花曜社、林春樹社長の慫慂による歌集上梓も、第十三歌集『歌人』から、數へて五冊目である。十年はたちまち過ぎた。前記評論集と共に、編輯・裝釘は、常のごとく、腹心、政田岑生氏の才腕にゆだねた。企畫販賣面の浦野敏氏の敏腕、また殊に正字活版の稀少價値を守り續けて下さる精興社とその御擔當中村勉・原嶋治生氏、各氏に深謝申上げる。

一九九一年三月三十一日　復活祭に

神變詠草・七　『釘銹帖』

【凡例】

一、日本現代詩歌文学館に収蔵されている、塚本邦雄自筆の「歌稿ノート　一九五四・九〜一九五四・一二」を翻刻した。

一、歌稿ノートは、塚本邦雄が追い求めた歌境を象徴する「神變」という言葉を用いて、「神變詠草」と総称することにした。本編は、巻頭の歌に因んで、「釘銹帖」と仮に名づけた。

一、翻刻に際して、漢字は正字表記とした。仮名遣いに関しては、自筆通りとした。

一、推敲の跡が見られる作品は、可能な限り、自筆ノートに忠実に翻刻した。

一、作者の誤記と思われる箇所や、仮名遣いの誤りのある箇所も、原文通りに翻刻し、「ママ」と傍記した。

一、自筆ノートには推敲の途中形のものがあり、五七五七七の定型に納まらないこともある。

蜜月のをはる(われらに家中《ふたりに厨房》)の戸に一列(の)ににじむ釘銹

少女婚期にむかへり街の疾風に(和服を旗のごとくなびかせ《蒼き蝙蝠傘を盾とし》)

他人の戀、他國のいくさ、室内に螇蚸《ばった》褐色の脚のべて死す

吸はるるごとく夜に入りゆけり　群衆も窓より鬱とたるる赤旗も

豪華なる古き寢臺括りつけ馬車行けり綠の油をたらし

神父に心ひそかに敵意いだきをり雪ふりつゝむ琺瑯鐵器

希み高からざる日々を青銅のモーゼの額のはひいろの銹

夜(の《天より》)鞦韆(の)赤き鎖(を)た(れてゐき《る》)死者をして死者を葬らしめよ

ヒアシンスの球根の芯煤いろに溶けをり　父の晩年の戀

混血兒黑きが群れていこひをり樽詰の鯡ぶちまけしごと

肉屋少女の代となりしが天井に血のたるる黑き肉魂(ママ)つるす

熱たかきめざめに顯てり　生々しき聖衣剝奪圖のくれなゐを

甲冑の兵士に見られ紅の衣剝がれゆけり若きキリスト

白血球身體に充ちて死しゆけり　天井に嘴鋭き紙のつる

黑人兵向日葵を射つ一夜清潔にひとりを保ちし怒りに

晩年の父が娶ると孔々にむらさきの翳保てる酢蓮

十月

雨季いたるめじ（ママ）めのしづくかがやきて襤褸と少女の髪まづ濡らす

河口港底までかわき水夫らの戀がするどく臭ふ泥の上

近衞騎兵といへどもつひに老醜の熱き半熟卵に爪立て

聖なるもの　指擊たれたるピアニスト引退の夜の皿の老鷄

司祭、馬丁、娼婦と軒をつらねをり砂つもり高くなりゆく河床

飛行士を愛する少女期のすゑの髮紅茶いろおびて放埒

卓上に百合ひらきたり汗くさき兵士群り駈け過ぎたれば

・・《黒き》銃身（のほそく黒きを）《熱もつまでに》執拗にみがけり祖國つゆ愛さざる

ハムよりわつと蠅とびたてり混血の子が褐色の掌くみいのれば

牛馬より逞しかりしのみの生（たゝへし弔）《いたみたる》辭が飛行便にて

下僕歸依する教へもたねば牛乳を煮てうすきクリームとなす

兇作の野は灰色のあかときを　若き農夫が葱ひきずりて

降誕祭來る夫婦の魚屋は身體中なまぐさきままにて

べつとり（と）《と》赤きマグロの肉のせて秤（うごきをり）《ゆらげり》罪重からむ

眉よせて銃を隈なくひからしむかつて少女を愛せしゆびに

乳母車の車軸つなぐと熔接の瓦斯の火をむごたらしく散らす

暗紅の日傘接近せり　ラムネのどならしのむ若き工夫に

雨期近くなればしづくをしたたらす　額の繪は射殺されし妹

すべてておくれなり夜の部屋にダリのゐの背眞紅にもえゐる麒麟

彼岸會の夜のたまり水ときのままをかきにごしたれ老鷄溺死

毒舌(に)を武器となす父不在にてルドンの花のくらきむらさき

女四十となりて美事にふりあぐる蠅の血にじみたるはへたゝき

花束にあふれて刑事近づくと骨太き手が轉轍をはる

原罪圖見に來しものを扉さし內部霧こめゐる繪畫館

中年日々に近づけりきらめける夜の地下街につながれしシェパードード（ママ）

痂蓋に似て麵麭の皮　不和つのりて最後めく晩餐に　注 とびひ

冷房（に）の中にかすかに熱風がかよひをり貶められつゝあるか

灼くる砂地夕べとなりてむらさきの孤獨ふかまりゆくサン・グラス

母系家族　貌相似つつ老けてゆくうつうつと部屋にむれゐる麴

眞空管下水ににぶく光りをり　われの內部なるユダの貌

鹽煎りし火に冷水をそゝぎをり　にくしみは愛より始まらむ

革命旗弔旗もつれてなびけるを視しが綠內障惡化せり

戀さるることに狎れゐて青年のラグビイの額泥塗れなり

青年が青年の手の頸青き雉子を妬めり　昏ききりぎし

百合根鱗ましつゝあらむ歳末の溫床のうら赤き火焚ける

女群りゐて教會のぬりたての壁よりさむくペンキしたたる

過去のごと昏き騶もち嚴冬の空地につまれゐたり鐵管

つかれ滓のごと身に沈むサーカスの天幕解きをはるまで見しが

生々しき死のにほひせり腐蝕亞鉛版畫に舌のごとたれし旗

海底電線がつなぎしクー・デタの首都と雨ふりしきる寄港地

逃亡の旅なれば黄の無頼の手ピアノを銅鑼のごとく叩けり

彼らひそかにいくさを待てり沈黙のむしあつき日の皮膚色の空

濃硫酸通しゝのちの曲頸瓶をはげしく洗ひ過ぎたる婚期

漆黒の混血の子が目のおくにキリマ・ヌジャロの雪ふれる湖

彼らひそかに戰爭を期せり夜々暑く舌のごと花垂れたるカンナ

煙突「悪」のごと（煤けをり）《黑くたっ》（髪の根）《あうら》まで汚れて（拂ひをへたる）《煤を掃きたる》後も

暗渠はげしく汚水流せり神父の子なれ（ど）《ば》はげしきものひたに戀ふ

柘榴の果白き膜にてくぎらるる少女人妻となりて酷薄

修道院屋上に干すらつきようのひかりうせつつはげしくにほふ

約婚すこの眸いつかひえきりて憎しみにもえむ夜の鷄頭

失意の日を訪ねきて木犀の花もてる枝へしをり去りぬ

乾季果つるぎりぎりの刻竦然と色かへてみのりたるはだかむぎ

下賤に生れ復讐のごと戀遂げし寒、透明にある向日葵油

革なめす暗紅色の水よどむ革命も海彼にてあるばかり

新年のものうき午を廚房に水すひて愚かなる鹽叺　注　しほかます

空の市電軋みて過ぎぬ朝より渇きて孤りなに期しゐたる

我ら過ぐるとき暗がりに吊されし鹽鮭が罪に似しもの（た）滴らす

勞働祭ひとり頰こはばらせをり珈琲に溺れゆく角砂糖

溫室のガラスみがきて米兵にいじけ（ママ）たる菊の懸崖見しむ

柘榴墜ちて紅微塵　中年はひややかにしてゆくてにあるを

言はざれば過去いさぎよし極微なる蕃椒舌の尖に炎えつつ

ホテルに情死つづく　央なる谷底のごとき空地に薄氷はり

狡く生きよ　され（ら）ばといひて突然に夜行列車の燈をあびせらる

かぎろひて若さ刻々蒸發す土工が吐きし唾褐色に

火事熄みし街の廣場に喫泉が噴きをりいさぎよき職が欲し

空港の道烈日の地ならしの先づ己が濃き影轢き蹂る

洗禮名かつて持ちたる風太郎の子にて曇りの日も沖眩し

蓄財に賭けし半生すきとほりすさまじき肉もてり樽柿

避雷針の反映する(ママ)するどき閃光にたへをり　あらき毛のシャツをきて

あざらけき色(の)混りたる紙屑を掃けり米軍撤退のあと

獸園のごとくにほへり休戰の街(に)煤色の兵ら醉ひゐて

逆様に乾されし巨き蝙蝠傘の下　いつまでも不安なるかげ

頭擧げて見ざれど空は颱風のすぎさりしあと切々と昏る

鞣革工場くぐりて出る夜の河すくひがたきまで穢されて

人のうしろに激しく咳けり豪華船　醜き冬の埠頭に著くと

艱難汝を襤褸となせり寒暁(の)を犬屋の土間につもれる拔毛

火夫鐵のごと冱えゐしや難破してことぎるるまで・(の)暗きいく刻

漁夫辛きこゑはりて戀告げむとす　うにくひてうみの風にさからひ

難破にていのちすくはれたるものも酢の中の滓のごとくかすけし

玩具の汽車もちて朝鮮戰線に漆黒のひたひ擊ちぬかれたり

囚獄出て先づ青年が嚙みつけるトマト殘酷なる汁たらす

炎日の畫廊のすみに消火器と青年の首もつとも昏し

雜沓の險しき貌の中にして署名乞ふ身を硏がるるごとく

暗ければゆびもてたどる寶塔の喪失の線あつき象よ

日覆の下暗ければ累々とある兇兆のごときレモンら

廣島より眞夜かへりきぬ唇朱き神父がひどく睡りに飢ゑて

遺作展夕日さしつつ少女らの乾ききりたる髪がさわがし

カンナの藪のかなたに黒き艦砲迫りをり　われら不眠の夜に
赤きジャケツ屋根にゆがみて凍ててをり陽のさせばさむさますスラム街
すりたての積み重ねたる原爆圖叫びて賣れりひき剝がしつつ
大政翼賛會事務所あとにて母と子が羽よごれたる小鳥を飼へる
森に黒き夜　青年と天幕の中にぎつしりとつまりて眠る
一生始めより謬てり　牡丹・雪がうづみのこししいささかの葱
演舌のみな陰險にふれざりし平和　ふのりが鍋にとけゐて
長子自衞隊に入りしが八月の鐵のごと酷薄なる蜜柑

冷凍機の中へ軋りて生魚が墜ちゆけり　彌撒明日より廢めむ

手足汚さずひさぐなり　冷凍の尾ひれ硬直したるさかなを

獸園に父ら競ひて兒に視しむうす黑き創あまたある象

新婚旅行の終りに見たり冬の日に躓る毛のうすき駱駝ら

ゆきゆきて空箱にのり覗き見るメーデーの列の曖昧なる尾

ゆくての映畫館の悲劇へメーデーの列の尾につきゆく少女達

少女と竝び默し通して終點の市電の車庫の暑き夕映

薔薇展の街(通)過ぐるとて機關助手帽子思ひつきりふかくせり

あきぐさの野をよぎるとて先頭に地圖旗のごとひるがへすなり

なまぐさき日々の生　火の上に飛魚蒼き翅をひろげて

うす朱き海月浮べり　軍神の曾孫を妻として夭折す

原爆忌忘れゐしかば炎天に氷磈（ママ）（ざらざら）の影ざらざら黒き

神父避暑よりかへりこず　ひまはりのてつぺんに果がぎつしり黴びて

軍馬馬齢重ねて死せり　新しき塚にとめどもなく沁みる水

29.10.10.　小板　引換券　No 3203　10.7

愛兒の像ゑがかれゐつつ（とめど）（きりも）なく煤色のゑのぐ溶く罌粟畑（もて）

汚れたる日々　ひと時のものかげに匙もてすくふ冷えたるミルク

人らあさき眠りの夜々を汚れたる雪つもる先づ火刑臺より

鳥屋(白き)汚れし小鳥つる(しを《せ》)り｜・・・・《寒き日の》レールそこよりするどく曲る

終日を生樹挽きゐる鈍き音につかれ(た《を》)り(皆《すべて》)うらぎ｜(りゆける)《られつつ》

羊歯枯れてあうらあやふき森行けり　人間として乳房をむねに

手足冷えて思へり旅に蟻しげくゆきかよひゐしまひるの墓域

メーデーの夜のうたごゑが錆びつきて閉まらざる廻轉窓より來る

春の夜の急行列車　青年が栗色の固きスキー具抱ける

祈禱室天井に換氣裝置あり腫れたる咽喉のごとなりとほす

戰犯のその後も肥えて徒食せり繡眼兒かまびすしく籠に鳴かせ

戰後固き頰に孤を守りきしのみ白き小鳥をみじめに飼ひて

無疵なる街(にしづかにつもる)雪見つつしづかに湧くいかりあり

酸素ポムプころがる空地よこぎれり　われらみな直からねど行かむ

荷車蒼き油たらせり　沈默のわれらにまたのいくさ迫らむ

馬車がおとせりキャベツの上につもりゆくひでりの夜の濃き砂漠

列車眞上にとゞろき過ぎぬ人のぬくみひえきりて卓に逆様の椅子

赤き羽根の包圍にがにがしくぬけてえぐ(ママ)りしごとき春服のしわ

雪の日のひるともす(日)(燈)のもとに老ゆ　羊羹の中に小さき泡ありて

監視すべきあまたのもの丶中に生きゆるされしもの淡き睡眠

月曜の夕べいづこかいたみたる市電　少女を詰めて走れり

薔薇展の初日さむざむ賑へり　下水よりさらに下の地下街

戰災者墓地裏の春めぶかざるさるすべりあり　てをふれてゆく

荷車が凍てたる坂をくだりくる晴著の男女左右に割きて

泰山木の花さききりて刻々を腐りつつあり熱ある夜に

うそさむきひるの停電　地下街の花屋（にダリア選びゐたるに）［に空の甕ならびゐて］

人蔘も卵もくはぬ巨き眼の少女の父としてひげ青し

盛装の中の身さむし　異邦人ばかり母國の空港にをる

寒夜西部劇終りたり　英雄に酋長鷄のごと殺されて

濃藍の壜の錠劑へらしつつ病みをり　社會患むより篤く

平和日々にうすよごれつつ少年の貝［賣］類が（ざらざら過ぎゆき）［手足ぬれつつ過ぎる］

さくら眩しく咲く日向より群りて貨車押しゆけり暗黑の車庫

（降誕祭）［原爆忌］くれて空地に干され（たる）［ゐし］洋傘が風にころがりまはる

獅子のごとくかみみだしねる青年の額にラグビーの創ほてらせて
あつき飯吹きつつめくる古本の聖衣剝奪圖の緋の聖衣
フライパンにこげちぢれゆく舌ひらめ　審か(か)る日が(再た)われらにもまた
日章旗たてむ祝日たえてなし　生ぬるき葡萄咽喉すべりおつ
軋りつつ木馬廻れり　母と子が屋上園に必死にあそぶ
暑き市電の中に瞑れば聖衣剝奪圖の紅き聖衣顯ちくる
我ら黑き地の粗鹽か夜々にしたたらすなみだほどなる鹹み
夜の岬町につきたる高熱の機關車がびつしよりぬれつつ冷むる

少女誕生日の丸焼の若鶏の胸きりひらきそむ沈著に

文化の日の石油焜爐に川えびがすさまじき色に煮つめられをる

司祭館司祭不在の廚房の玉葱くさりをり銅色に

祝日の屋上に旗あぐるとて巷みき異國のごとくにさむき

純白の少女につきて地下街ゆ炎天に出づ殉ずるごとく

元騎兵おとろへゆくに數百の馬整然とねむる馬小舍

青年ら皆老巧に生くる日の向日葵の裏暗く渇ける

まなこつむる時すなはち死　暗綠の斜面にうもれたる雪崩止

鬪牛の骸骨のゐがひと日口噤みて生きしわれらの窓に

蹌踉と(し)走り去りたりトラックが空地にあつき砂礫(ママ)ぶちまけて

內部暗黑にしてやつれたる電車らがすれすれに竝びゐる操車場

「ヴォルガの舟唄」低く唄へる褐色の警官につきゆけり　裏街

豆腐いまだ心つけ(ママ)たくて(裏)埋火をかきたてて思ふ　ふるき日・々の餉　「つめたくて」カ

豆腐の心まだつめたけれ　火のごとく生きぬ西鶴の書きし女(ら)は

斷水の日の水道の空鳴りに家族ら默しをりにくみつつ

昆蟲採集ちぢれし翅の蝶の上に厚き聖書を重石となせり

家族一人一人が部屋にかゝはりもなくたのしめり　酷寒至る

衆目にのぞきこまれて白々と下水涸れゐきジフテリア地區

孤兒院の少年あつきスケッチのみな瀑布のごと葱をゑがけり

氣球ほそき綱をたらして炎熱の(地と)昏き巷とつながれにけり

對岸の蟻の町より夏蜜柑ひかりかがやきつつ漂著す

革の上著の運轉手ねて革椅子をしひたげてをり　歌劇終幕

金屬と革の音させ酷薄に馬方ごろねするクリスマス

收穫とはになき巷よりのびいづる無數の黑くねぢれしパイプ

赤き羽根に逐はれて歩む日曜の街は人斬る映畫ばかりを

さむき夏うからかたみに病みてより日々を濃き墓地の夕焼

暗き針葉樹林人過ぎゆ（ぎゆ）（ママ）きしのち白き花粉の火藥を散らす

蜜月（の）果て（て）男ひとりのやすらぎの映畫シーザー刺されてをはる

[2]水道管[1]巷つらぬき・（て）埋め來し土工ひと日の果てに鹽欲る

遺作展無名のまゝの小さき繪の向日葵うしろ眞紅にぬりて

燕麥裸麥熟れ荒地よりさむざむと燈のつく開拓地

群衆仰ぐ窓とびおりの直後にてはるかなる墓のごとかがやけり

教師らも主婦らも一路轢死見に走る稀なる熱情もちて

司祭館の竈より灰すくひ出しすくひ出し空にして罪ふかし

甘藍の芯いささかの露保つ　火刑を知らず果てしキリスト

あひ知るはあひ憎むのみ夏ふけてゆく風の日の繊き帚木

水道管内部さびつつ地を這へり曉殊につかかるるちまた

釦屋の青貝釦あがなはれひらかかるるための隙間をとざす

少年ら風光る日の肋木にぶらさがり遊ぶ聖金曜日

あひる飼ふ老婆よ粗き巨きその卵を孤獨なる掌に愛し

暗黄色の案山子の首をゑがきたる畫家よ無名のまゝ死にゆかむ

塗装工電車隈なく褐色にひからしめ　いたく汚れてかへる

信者らの視線錐なしあつまれる聖夜劇主演者の母の髪

刻々の生われよりもみな光みちをり　破裂するしやぼん玉

神養ひたまふといへど地のとりの鷙鳥すさまじく餌を爭へり

相續のさむざむといま美食して卵うまざる鷄一羽受く

ガラス工場ガラスの屑をふみ平らし道とす海彼にいくさやむ日も

子にはつねに明日のみありてしめりたる木琴を力まかせにたゝく

煤　雪にまじりてふれり　われら生きわれらに似たる子をのこすのみ

〈以上　作品社　歌集「装飾樂句」にをさむ〉

十一月

睡らざる工場都市へ油送管蛇のごと月(光)にぬれ(つつ)て光れり

中年のちかづききつつ凍りたる石道に躙られし洋紅

いくさの日も舌を刺しにき晩餐のいかのしほからぬかるみに似て

萬歳のこゑかつて沈みしあとの野の氷　紅の穗草をこめて

寓居いつしか定住の家となりゐつつ　すさまじく枯れしつるばらの墻

少女さわ・かにくぐれり（ママ）や　泥色に枯れたる寒のからたちの藪
凸凹のはげしき街ゆ寒曉の氣球おしだまりつつのぼるなり
巷黑くよごれゐしかば氣球浮く辛うじてその重さたへつゝ
母國心のすみににくみて朝々のいちぢく（ママ）のみのあかきむらさき
冬の果樹園の棘針金錆びてわが心ひとのこゝろにかげす
あたゝかき冬を病みつゝ乾鰈のへばりつきたるを剝がしては干す
少女ここに孤り老いゆく枳殼にかひがらむしのしろきむらがり
幼兒とはに兵たるなかれ一夜さに上ずみの厚く氷りし下水

怒りうすれゆきつつふかき沈黙の寒林をぬひてふかき溝あり

原爆忌のがれられざる炎天に肉片のごとく凋みしカンナ

ひろしまにのこりたるものひと株のかの日のカンナゆがみて咲ける

一月の工場都市のいりぐちに沼ありひと日そよぐ枯蓮

地下の瓦斯管を解くと寒光に掘りだされたるかびいろの土

還らざることもさいはひ　首都すでに運河にあぶらぎりし水満ち

寒暁の下・（水）のおもて虹うかびきえぬ朱欒の皮すてしかば

鐵工場灼熱ながす溝ふかしつひにして癒えざらむ地の創

世の母のゆびあかあかと北風に購ふいささかのあたらしき牡蠣

うゐよりもかなしみのため死にし人にいろうすき冬のトマトをささぐ

黑耀の熱き土人の音樂をきゝをり祖國なきしあはせの

あぶらゐの赤き砲火にゆびふれぬたまゆら骨に沁みてつめたし

混血の子ら育ちゆく（日本の）〔啞〕蟬（黒）〔を熱〕き掌の（うへ）〔なか〕に（鳴かせて）〔ふるはせ〕

兵たりし青年の過去いきいきと黑きあぶらをぬられし長靴

植民地にいくさやみたり　空中に舞へる琥珀の玉葱の皮

野火街の端にちかづく夕ぐれを喬木のごとくたてり警官

狙ふごとく警官黒き背を見せてダリア選りゐき（荒るる）《寒き》花みせ

砂地あゆみきてつかれをり（短日の畫廊にひかる銅色の裸婦）《考古學館の土器みなどこか缺けゐる》

夕餐鹹きスープすすりき夜もすがら水のごと夢よぎ・《れ》る裸足

酷薄に家族ら夜に入りゆけり晩餐の燈の油煙をへだて

スラム街に寺院混りて人の死に（華やげり）・《點》燈せり（稀なる）《朱くにじみ（て）》眞夜近く

スラム街に寺院混りて人の死に今宵（稀に）みづみづしき燈をともす

罌粟畑背後に舊き瓦斯タンク一日するどく渇きて立てり

（はるかなる）《ねむりたる》さむき空港と綠色の燈もてつながる夜間飛行機

鮭と火藥のにほひする風低地まで吹き少年ら疾く青年に

高層建築物漆黑の夜となる　室々に鳥や花を閉ぢこめ

睡眠の際を切りにさいなみし朱欒と寒き使徒行傳と　注　しきりに

果實喰ひをはりて伏せし青年の掌より熱吸ひゆく鐵の皿

音樂會眞冬夕べをしめりたる革椅子竝びゐたればかへる

蟻　ピアノの鍵をあゆめり（隱微なる《心かげりゆくひそかなる》）黑人靈歌（わが心刺す）

屋根綠青ふきて濡れをり屋根うらにすでに軍用犬飼はれゐて

飛行士が道に踏みたるにはとりの心臟あざやかに死後の紅

未婚にて杏をこのみ廿七老子飜譯して建築家

磔刑圖柱につると新郎が赤さびの釘汗あえて打てり

稅吏來てにせモナ・リザのあぶらゑのひたひのひびをしらべてかへる

結婚式かたき魚肉の皿のうへにナイフ・フォークを十字に交す

軍歌うたひて何なぐさめむ沸々と
(愛はいくさに費し果てき中年の)晩餐の牡蠣のくろきはらわた

黑人兵向日葵・〔を〕擊(て〔つ〕り)淸潔に一夜眠りしにぶき怒りに

ハムにうすき汗ひかりをり混血・〔の〕兒が褐色の手くみいのれば

娼婦軒をつらねて肥り老いゆけり砂つもり高くなりゆく河床

いくさなくばむしろあやふきあけくれを地下街にすみつきしシェパード

おごそかに忌日のごとくクリスマス來（るなり）れり（ぼろぼろの）《雪もなき》蟻の街

おごそかに忌日のごとくクリスマス來れり寺院ならぶ界隈

ひそやかに生きつゞけきて軍港は街燈もビショップの環をもてり

靈柩車過ぎさりしかばマン・ホールの底（に）《が》いづみのごと（き）《く》ひびき（あ）《け》り

こはれたるラジオのためにさへ平和なる樂音が夜の空をゆく

凍蝶はすぐ忘られて（日々）《昨日はか》の藝術家の死、街路樹の枯死

飛行機の發（つと）ちてつめたき突風に人ら萬國旗のごとなびく

空港のうすき牛乳舌やきて母國なきひとびともすゝれる

雪、鐵のごとき凍れる空港をたてり(ゆくへの)《海彼の》いづこにも危機

降誕祭の夜のあたたか(く)《き》街中(の)《に》墓原黒く雪とけはじむ

にくにくしき青年に遺兒なりゐたり　柑橘園の鐵色の樹々

(いくさにゆく)《(天使の)眼みな》(ごとく)《(つむり)とぢて》スキーの青年ら雪にうもれし墓原を踰ゆ

鐵工(の)《に》さむき安息日(昏るると)《のありて》鳥籠(の中につかるる小)《に竦みつつねむる》鳥

禮拜堂の椅子(の折れ釘)(に)《の》釘(出てかへりみし昨日)《服らぬけり過去》ことごとく悪(の)《に》つらな(り)《る》

愛の巣の雨の夕餐とひえゆきし皿のスープにうつる洋傘

屋上に夜の禽獸のねむりみてくだりきぬ　墓のごとき地階に

熱の眼のまつはるとほき噴水の煤色の水の淡き夕虹

乾魚を酢にてもどせり(ふち赤き)《もち古りし》聖書に(も)《は》易々と神の復活

黑潮に浮標《ブイ》たゞよへりいつの日に《冬ふかく》兵と別れし海の墓標か

贅澤は敵なりし日のヒアシンス畑は燒けて黑き稅務署

青年ら(ひそかに)いくさ戀ふ(時も)《るを》・・・・《ひそやかに》鹽のごと(地)《地に》のこり(ゐ)たる(地の)雪

遠雷の夜の屋上に忘られてひとのにほひをはなつ干物

剝がされし天幕のあと枯原に黑くしびれし空間のこる

風太郎眠れり印度洋を來しつめたき錫を岸にもり上げ

我ら吸はれゆく夜の方に家ありて罐詰の切口いたき晩餐

[2]さかりば（に）「の」てのひらほどの・・・・「つめたき」砂地（あり）[1]人ら惹かるるごと踏みてすぐ

製鹽工煮つめられたる海水の槽のすきまを行き老いゆかむ

長靴（ちょうくわ）黑き油にぬれて飛行士の過去にほふなり（聖金曜日）「朝の空港」　ルビはママ

工場街圖太くひくき屋根裏にグラヂオラスの根を吊るあはれ

ぎつしりと粱の玉葱銅色（の）「に」・・・・・「少年のごとき」農夫（のはやき）娶り「ぬ」（のうへに）

グラス越しにとほき冬日の坂くだる馬見（たり）「き」華燭乾杯のとき

偏食の胸とがりつつ食堂の聖衣剝奪圖に夜々對す

製鐵工の愛の巢めぐり春の夜をつぶやくごとくガス沸く下水

(懺悔泉のごとつきざれば)（黴雨のミサるるとつゞきて）長椅子に色にじみあふ少女らの雨衣

雪はげしき沖にいでむと若き漁夫たち上りたる鋼色の眼

降誕祭明けて雪ふる廚房に食器おびただしく汚(れゐて)（されて）

食器脂まみれにクリスマス果てぬ聖衣剝ぎたる刑吏のすゐに

クリスマス　くびられし鷄、魚、町の凍雪(の)の上に死のにほひ滿ち

少女紅きマッチをすれば飛行士が巨人のごとき手もてかこめり

霧ふかき夜の空港にねむらざる飛行士が赤きマッチをすれり

降誕祭鍋の油を凍雪・・（の上）にすてたり死のにほひみつ

若き漁夫妻とならびて雪ふれる沖見をりふかき鋼色の眸

平和紀念ドームに近くあをあをとせられをり死にて間もなき魚

平和祭のひとらにとほく夜の市に電球つみて賣りをり　見えず

豚つみし永き（ママ）貨車(ゆく)（すぐ）クリスマス過ぎてむごたらしき街中を

誕生日とてとりいだす一抹の鳥(屋)（舎）の羽蟲をやく生石灰

空港の霧ふかければ(眠らざる)飛行士が紅きマッチ(を)・・・・（をいくども）すれり

貨車雪にうもれて（夜〔春〕）の雪國を離（りゆく〔かれゆけり〕）機關士の（誕生日〔めとりの夜〕）

少女ともしつゝ電球を雜沓の（かたへ〔うしろ〕）に賣れり夜の平和祭

雪ふる沖よりかへりきて若き漁夫あかとき鋼いろのほほせり

勞働祭の日が迫りつゝ時計商極微量づつ油消費す

結婚式すみやかにすみなほつづきゐる紳士らの咳と握手と

重油虹なしながるる中に白鳥を逐ひて夕べの淫りなる河

遠き火事　家鴨產卵　勞働祭　寢室の把手　たちまちいたむ

羽蟲地（を〔の上〕）吹か（れゆきたり〔るるを〕）たれかひくく軍歌うたへる夜の慰靈祭

シャワー室に（野菜《キャベツ》）のごとくあらはるる飛行士よ夏あかときをきて

七月の濃き藍色に新刊書（廣告《案内》）の中の昆蟲圖鑑

戰爭のほかにわづかにうけつぎし緑濃き父の帽子（を）かむ（るも《らむ》）

多産なる家族が浮ぶ酷寒の街湯ににほふクロール・カルキ

下婢の鼻薔薇色にしてうたふ舟唄　皿を湯にしづめつゝ

（百合《影繪》）、魚、ナイフと日々に（盗みくる《愛うつす》）少年（と《に》）あつき聖金曜日

聖金曜日きてカナリアの羽蟲（燒《や》）くため生石灰（買ふ）一つまみ買ふ

人らさむく日々にきたりて眩しめる熱帶植物園の黑き果

馬車馬のくらき眼も過ぎゆけり　韮きざまるる寒廚のまど

不透明なる未來をもてり指ふとくバナナむき喰ひゐる混血兒

混血兒のあつきくちびるさくらさくさむき國なるを生れし國とす

たれかひくく軍歌うたへり羽蟲地の上ふかれゆく夜の慰靈祭

白々といとなみみせて（崖）ヒアシンスの球根崖にしきりにふゆる

空港の街の乾きし果實店にて柘榴かむにがき死の核

平和祭の夕べ・（の）卓（上）（の）の砂漠なす塵埃（の）にゆびたてて歩ます

黑人が戀なき部屋のすみずみにきよきＤ・Ｄ・Ｔまきちらす

隣人のトルコの畫商花束を執拗にねぎりゐき　婚禮す

床に墜ちてにぶく光れり聖菓きりきざみて・[微]熱（を）おびたるナイフ

母のゆび微妙にうごき子（ひと）に頒つ奇蹟にて殖ゆることなき聖菓

ユダのごとかしこき子らに合唱の聖歌より軍歌愛する日來む

平和紀念ドーム見にきて老婆たちふわふわと綿菓子をくひをる

さむき工場葬の眞上を送油管　血のごと（き）く重き油通せり

變色せし杉のアーチ（の）をくぐりゆき市民文化祭劇みて貧血す

誕生日とて船長がその家の天窓をうすくなるほどみがく

和服旗のごとくなびかせ少女コンミュニスト屋上にて約婚す
あらき防風林をとほりて新年の雅樂一さんに海へきえゆく
結婚式明日にせまりてさむき窓より見る(枯)蓮の枯れゆく沼地
進水式レセプションの夜紳士らの外套の上の狼の耳
フライ・パン其他をつみて神父また移りゆく犬の多き街竝
コーカサスの風土病もち肉親が還りきぬへやのすみずみあつき
韮刻みつゝ主婦めつむれり　ひびかひてピアノ運ばれゆきしはるけさ
高度千メートルの空より來て卵くひをり鋼色の飛行士

夏天より急降下して來し男歩む輕油のにほひを放ち

潛水夫くちびる乾き祭禮の日のあかあかと照る海に入る

ピアニスト寒夜をかへりきてまたぐ燈に灰いろの麥浮く下水

空港の橙紅の(日)燈が夜もすがら見ゆ茂りたる墓原のうへ

少女ヒマラヤ登高(記)の手記よみ了り　くふ寒晝の半熟卵

ガラス壜に膚きしませて李つめられをり　ひどくなりゆく頭痛

棕櫚の花街の暗がり毎に咲き旅に出てその日より肌汚る

猛禽の眼の園丁が映る夜の溫室の天の厚きガラスに

ガラス工場の煙突きらめくものらのため重き夜天支へて

ガラス工場にはげしく南風吹く夜を少女工曲頸瓶つくる

鐵工場内につるばらひしひしとつぼみもち心やすらかならず

下婢の戀得し日よりくちづ(ママ)さむ舟唄　涸れし河ゆくごとく

12. Nov. og.

卵と鹽[2]かざりて[1]懺悔なしをへしわれら巷に喰ひて渇くも

空港のベンチに少女めざめたり　肉のごとあつき雲よぎる空

ストロウをゆびにまきつゝ青年がひと待てり　牛のごとき女か

葬りびと祭のごとくさわ《(ママ)》やかに食ひて去る　五粍ばかりのメロン

アンモニアうすくにほへり約婚の少女がきざむ豚の腎臓

街路樹枯死　ひるあひびきの青年が帽子拳にはげしくまはす

(ひとの)《葬》葬りすみて・・・・《うから等》(夕)《晩》餐の(うすあかき)魚卵粘液もてつながれる　初句はママ

空港の少女わらへりガソリンをかけて色濃き襤褸焼きつゝ

飛行機のとゞろく街に人形店すたれゆきつゝ薄き日覆

人死して還りきし町花みせが仕切りて醤油などひさぎをり

熱帯植物園鬱として花さけり　かの島に汚れつゝ生くる兵

ひややかにかひこねむれる部屋部屋を出て砂硼(ママ)道にひかる石英

忠魂碑建ちてにはかにさむざむと西日の中の辛子色の町

クリスマスの綿雪つくる暗き町目ざしのごとく子らつながりて

左官の大き(てのひらの)掌型のこりて春の夜の修道院の壁乾かざる

春の夜のうすびかる路地かしましき製罐工場にてゆきづまる

少女髮人蔘色にもえて消ゆ屋根うらの孔の夕日の空地

剝製の鳥のむねよりかんなくずと(ママ)めどなくこぼれい(で)づる絶望

長椅子の白きおほひがたれさがり(とめどなく)床より油ひそかに吸へる

混血兒らはあつき手を廢油にて拭かれし床にたれつつねむる

原爆展へいそぐ無數の蝙蝠傘の(中の)一つ一つにひそめるまなこ

國賓を迎ふる首都の夜の道に雨ふりて光りゐる魚の骨

鳥かごにきずつきし鳥ねむりをりそをかこみあつき息する家族

君が代のもるるラヂオを消しねむる母のての鼠いろの繃帶

復活祭に蘇るものさらになしアメリカシロヒトリゐる夜の樹

神父死してより人ゆかぬ空室の脂に白くくもりたる把手

いくさ兆しつゝある海か勳章のごとくからびしひとでうち上げ

かんづめのきりくちいたき晩餐に人らいそげり夜々の凍雪
少女を魚のごと・《く》つめこみ(し)市電夜の掘割にくらくうつりつつ過ぐ
寒夜駐められし自轉車のろのろとめぐりをり記憶の步兵操典
サーカスの朱の一輪車うつりゆく荷の底に投げられてまはれる
客さむくかへりし(た)《ぁ》とに道化師が見する鷄冠のごと粗き舌
裸の胸油にぬらし點燈夫　クー・デタの前の街ともしゆく
涸れて舟のつきささりたる河口港生れとふゆびのつめたき神父
復活祭蘇るものさらになき夜の樹々にアメリカシロヒトリゐて

たのしみてわれら目守れり水道管いたみて道に湧く夜のいづみ

家族みな 年《よはひ》 たけ(て)《つつ》家なさず　いちぢく《ママ》煮られゐる夜のくりや

遊園地雨ふれば屋根ある下に(うなだれて)《きかさるる》皇帝圓舞曲など

まづしければひとにおくれて戀を得し夏よりの函に乾く斑猫

黑人兵行き街に濃き影うつる　家々の鹽のつぼみちてゐむ

あはれみを吾にあたへて羅馬皇帝《カエサル》のごとくされり雨ふる干潟

公園の和製ゴンドラ　バンくず《ママ》と死にたる鼠のせてよあけに

あはあはとひとの娶りを祝ひきてくびれたるネクタイのむすび目

暗き午のねざめを過ぐる電車あり　あまた吊革はげしくゆれて

河口港涸れ舟間をわざわひ《（ママ）》のごと細々とゆく赤き水

蜉蝣が春夜まづしき耳孔にはばたけり　政治紛糾しつゝ

雨にぬれて〈淑女を求む〉ビラ（｜夜の《青き》）緑化週間のポスターのうへ

サキソフォーンの腹に孔あき青さびの過去と重たきつばあらはるる

父母金婚の（｜時いたり《日はちかみ》）つつ食塩の壺にかわきし食塩あふる

結婚式場につゞける鐵骨の酸素熔接のあと｜・《の》むらさき（に）

白きさるすべりわが胸に去りゆきし若きヴィヨンの詩も父の死も

火葬するため溺死者をかわかせり日がつよくてりてすぐ干し上る

若き父口かわき寺院いづるときユーカリの小さき枝おちてなる

石はうたずされど恕さず暑き日を十字架のごとつづく電柱

水中にむごく剝がるる材々の皮　生々と赤し聖衣のごとく

百合卓にかたく濡れをり天窓のガラスに貼りつきし黒き夜

人ら潮のごとよぎ(りゆく)夜の畫展に・とりにものいひゐる少女のゐ

太初くびれたるガラス器を砂と(ほ)り漏れ出でてより失せやすき「時」

蓴菜のあつものすすりつつおもふ砂ふかくおほひかわく墓原

埃立てて女が訪ね來しは昨日　いま(畑)罌粟畑たたける豪雨

乾ききりしわが部屋のため點燈夫の光る裸のむね近づけり

銀得しときたまゆらユダも滿ちたらむ煮つめられ黑き泡(くだっ)ふく砂糖

司祭すする夏のつめたき蜆汁死にてのち煮られたるもまじれる

禮拜をなさず久しも肉屋にて種々の肉魂(ママ)つるされてより

ひとり眠る被告のごとくさむき夜を胡桃の殼に果肉みちゐむ

降誕祭・長(も)子かぼそき頸まげて人蔘とあつき飯くはさるる

不在地主の父がわづかに遺したる畑蕃椒のひもじき紅さ

殺蟲劑撒かるゝ冬の果樹園を過ぐ　この戀もみのらず果てむ

麵麭と葡萄酒滿つる聖話ゆかへりきて(わ)《か》れら濕りし紙屑選れる

(釘)鐵工場の廢爐にさびてくさりゆく十字架を打ちしごとき犬釘

身を守るための默のみ　干柿の種透明の果肉をまとふ

乾草の束抱き農夫かへりくる黒くうるほひ夜をねむるため

つつしみて生きむ　ある日を・・《來し》少女(來て)昏き地に蛇ゑがきて去れり

孤つなる寒卵　煮(て)し油煙にていささか汚れたる無賴の掌

練絹のつめたきねまきえらびをりかれら人蔘色の髮の毛

サンタ・マリアのごとくみごもり夕光のひとりのときの濃きユッカの芽

魚のごとやさしく冷えて雨季暗きマジョルカの島に咳きゐしショパン

ひとりするどくにくむショパンを「砂糖かけられたる牡蠣」といひしコルトオ

太き指き(ママ)アコーディオンを弾きなず(ママ)む青年もいくさ經たる小地主

ル・コルビュジェの建築學に殉じたる少年よ鉛筆のごとく痩せつつ

徴兵令　昏くなりゆく空地にて釘刺しあそびゐし少年も

北歐のくらきガラス器壁にかけて貴族のすゑのにごりたる肌

終電車のひとらそれぞれ洋傘のしづくを暗く足もとに溜め

赤道を駈りたる過去　烈日の自轉車乗りは皮膚弛みても
ジャン・コクトオに似たる自轉車乗り・敗[が](れ)[け]ある冬の日の競輪をはる
サーカスの馬らは火の輪くぐりつつ日々に天幕色に老いゆく
黒きクラリネットが部屋の片隅に林立すこよひ一人の(老)死に
夜の煉瓦塀に愛鳥ポスターが貼り竝められてをりみな死ねる
驛の子らまづしきゆゑに巧妙に人に愛されつつ鵞口瘡
(誕)降誕祭はこよひなりしかいねて食ふ蜜柑のどこかくさりつつ甘し
(誰か)傷つき・・[て彼らが]・・なさむ革命・待つ[を](われら)夜を斷りて赤き鐵橋(かかる)

ビル街の谷間の廢墟花さ(きて)けり　昆蟲のごとく少女らやせて

帽子のうらの赭き拔毛を拂ひゐる父を三階より見てをりき

つかれて夢む銅貨入れゝば胴ぶるひして(鳴)ピアノ鳴る古き映畫を

軍艦のどこかのねぢを磨きゐる少女よジャンヌ・ダルクとなるな

純粋にして酸つよき日本種柑子貝殼蟲のすみかに

運河涸るる夕べの町にややふるき牡蠣くらひをり今日はたれの忌

洗禮の機も過ぎにつゝときをりの麵麭に細かき砂のまじれる

酷寒の岸にあくどく萬國旗飾りゐし船がけふは見えざる

黑人のボクサーに投げし昨日の花　ぬかるみに凍りつつひらきをる

冬旱り　咳きやみて眼をやる方に養老院のあかがねの樋

慈善市に吊る萬國旗　低き方より人の頭にふれて汚るる

文化の日　うちあげられし糊色のくらげ蹴とばして海にかへすも

革命を待(てり)(たれか他(を)のきずつかむ)夜を斷りて赤き鐵橋架かる

革命は他人がきずつきなしくれむ　夜を斷りて赤き鐵橋かかる

他人がきずつきてなす革命待てり　夜を斷りて架かる(鐵)赤き鐵橋

混血兒十月生れ一列に柿もていはゝるゝ誕生日

混血兒あうらひやして降誕祭つかひのこりの綿雪踏める

柊の細く咲きて墻すでに鐵壁の暗さうしなはれたる

汗のごときスープすゝるとひるがへる千の舌あり薄暑囚獄

死體陳列所（モルグ）よりとび來し蠅の影すぎて汚さるる神父朝餐スープ

暗き怒りわれらの內部に象なしゆけり果實の核のごとくに

幼兒の眼のごとひややかにきらめけりぬれたる砂の中の石英

革命にとほき夜の雨ぐつしよりとぬれし夕刊よみつゝ地下へ

訃報のごとくばられゆけり曉の雨に新聞がぐつしよりぬれて

酷寒のするどき飢ゑに牡蠣のごと默せり若き密入國者

向日葵の種子ばらばらにほぐしたり遺髪のごとくつゝみてしまふ

西ドイツ孤兒院の子の繪に火喰鳥とゆがみし王冠ありき

崩れゆく家長の座よりうでのべてつまみあぐ酢のききすぎし牡蠣

停電す無人木馬(と)[も]ひびわれし皇帝圓舞曲と同時に

養老院一人生ねば一室空き眞夜の燈がとほき凍雪(てら)[にさ]す　「生きねば」カ

告別式の午後無聊にて春の夜の無料ファッション・ショウ見てかへる

19. Nov. og.

サーカスのかゝりしあとに冬草が濃く萌えぬ今年いくさなかり(し)《き》

頸ふとき夫人の像を飾り(た)をり　この寫眞館もはやくつぶれむ

目刺の眼に脂にじめり裏町の寒薄ラヂオに樂劇〝蕩兒〟

壁より出てすぐからみあふ水道のパイプと熱湯とほるパイプと

敗戰記念日のホテルマヤ部屋部屋(に)の水道館《ママ》に熱湯とほる

たぐりゆく記憶の(中)《末》に馬醉木にほふ夜あり　焦熱の夜につらなれる

聖ピリポ慈善病院晩餐のちりめんざこら砂《が》のごとき眼

鳥のごと(き)《く》うそさむき身が聖(ヨハネ)《ペテロ》病院にきて血を檢べらる

父ありて卵くひゐきかつてゑのやうにゆがみしゆふぐれの椅子

亡命の荷物の中に隣人の子のタチアーナ味噌齒みせて

昆蟲採集よりかへり來し少年がパンを勞働者のごとくらふ

魚の骨など散れる岸ぬりかへし腹見せてボート竝べられゐる

老父若き母を愛せり家めぐる薔薇に貝殼蟲が殖えつつ

埋立池のをはりに暗き港あり水すこしたまりゆれゐる艀

うつり來し部屋(に)はるかより夕日さし胡椒灰色に濕りたるびん

たれかかなしみてこぼせし牛乳がたまりをり驛のベンチのくぼみ

（老婆）卵かゝへてのろ（く）（のろ）下り來し・・（老婆）陸橋を見き過去見るごとく

聖句日日道にかゝぐるうすぐらき寺院に肥りすぎたる司祭

盲目の祖父があつめてたのしみしヴィクトリア朝後期風家具

喪の部屋の扉をあけしかば旱天の陽がウィンザー・チェアにさせり

かつて父苺くひゐし夕ぐれの椅子繪のやうにゆがみゐにける

こぶしの花咲けり屋根より下りくる煙突掃除夫の黑き頸

母系の長きゆび折りまげて門柱の白蟻の巣に石油をそゝぐ

水道があふれてすぐに沁みゆけり地下に埋れたる圖書館に

死のにほひする酵母もてこねしパンくらくかまどにふくれつつあり
寺院の庭にあまたダリアの根をうゑて芽ぶく日までの重たき眠り
聖金曜日の父の座に柑橘をおけり貝殻蟲つきしまゝ
音たてゝ水族館が水替ふる夕べふるわたのごとくつかれて
砂赭く光る干潟を渇きつつ踰ゆイスラエルびとのごとくに
イスラエルびと(の)《ら》エジプト出でし日を思へり赭く砂輝る干潟
聖家族の一人めとり(て)ぬ(ひととき)《あかとき》を(淡)雪ふりて・・・《うすく・とほく》汚れゆく屋根
汚れたる生木の箱にとけあへるなまこ見(き)てあり　あひびきのまへ

受難週の聖句つるすと春曉を神父が鐵の梯子にのぼる

安息日のさむきいこひに人ら（ゆく）過ぐ酸素ボムベのころがる空地

「詩人の戀」き丶をへわれら一せいに梨くひはじむ膝のうへにて

老婆七十回目の誕生日の牡蠣が殺さるるぬるきフライパンにて

降誕祭の夜も寡默なる黑き鳥つるす戰火ののちの小鳥屋

飛行機きてすぐに馴らさるる黴と酢と髪と魚のにほひ

聖母讚歌うたふわれらが（幾百(おびたゞしき)の）汚れたる螺旋形の耳殼よ

聖母讚歌うたふわれらの汚れたる螺旋形なすももいろの耳

感化院・長々あつきくちびるに寒暁のバター削りて喰ふ

少女人蔘色の頭髪母に似て燦然と荒地よこぎりゆけり

少女多きアパートひと日乾かざる空地に傷のある背をむけて

養老院の境界に咲き鮮紅の一列の罌粟荒野をへだつ

熱帯よりはこばれきたり船艙に不吉なる裸麥發芽せり

少女放りし夕映えの沓墜ちしかば藍甕の藍こぼれてにほふ

飽食の後の重たき眼に見ゆるジャコメッティの纖き彫像

娼婦いとけなきひざ揃ふはるかなる夜の方に鳩時計鳴りいで

鷄頭の果となりし花　教會の夜の壁に似てざらざら黑し

獵の夜の血のあととほくたづねきて地下街にすみつきしシェパード

結婚衣裝縫ひ合せゆく鋼鐵のミシンの中の暗きからくり

木婚式の部屋にクレヨン畫の旗を飾りて子なき船長夫妻

夕べよりよあけを重く歩みきし歩哨の葱のごと濡れし頸

展翅板の蝶のあひだにぜんまいを喪ひにけり　動かぬ時計

いくさ釀されつつあるならむ突風に羽蟻おびたゞしくうしろより

フライパンに卵やきをり鬱屈と背を曲げかつて一軍の將

睡眠のそこの小鳥の巣に赤く中透きし卵ありてあやふし

水族館の水母月色にたゞよへり（休日の火夫來て眺めを（り）る）《夏おとろふる司祭のまへに》

墓原のうしろ水族館の夜のどこからかからき水洩れ始む

魚の骨かさなりあひて花どきの道にあり暗き音樂のごと

巨き洋傘さしかけて見て（をれど）《ゐるに》蟻地獄すぐ水に沒する

ゆびほそき母系家族ら（かゞやける）《からみあふ》（蔦のみどり）《常春藤のあみの》の中の沒落

聖家族貧窮のゆびくみいのるふるまへの雪黑き中空

鼻濡れて司祭のごとくうつくしく春夜のローマ市街ゆく馬

東京都（に《の夕べ》）煤ふり　旅びとのきみは淡々とオムレツ喰はむ

熱湯をたゝへていまだ戸をあけぬ男湯に琥珀色の燈とほる

髪赤き戀びとを得ぬ冬に入り知りたる綽名さむき「火の鳥」

帝王に殉ずることもあるときはさわ《（ママ）》やかならむ爆ずる罌粟の果

青年の寡默なる戀　ありまきのむらが（ら《る》）薔薇の芽ののびゆきつ

23. Nov. og.

角川「聖金曜日」　26. Nov. '54

靈歌水のごとく心をひたせども彼等の皮膚の永久に煤色

娼家軒をつらねて暗くともりをり砂つもり高くなりゆく河床

風太郎眠れり印度洋を來しつめたき錫の鑛石のかげ

寺院いづる心かわけり甃石に（音）ユーカリの小さき枝おちて鳴る

微かなる花さきてよりひゝらぎの墻鐵壁の暗さ喪ふ

亡命の荷物のピアノその下に別れつげをり幼女タチアナ

獨裁者死せし夏よりひきつゞき地下莖のばしゐる夜のあやめ

われらいくさ見過しゝもの・・・・（死するとき）容るるべし　地の蒼き立棺

戀人が夕餐の前のオーヴンをあけ生燒の鷄見する

降誕祭の日に生れたる父のため一つかみ牛の心臓もとむ
灼熱のアイロンあつる漆黒の喪服のうすき目にみえぬ皺
聯隊旗あるひ干されてぬかるみにかぎりなく落ちてゆく飾りいと

十二月

司祭黑き少女と愛の刻すごす床にこぼれてつめたき柘榴
女衒、贋金つくり、盗賊　春の夜に名の消されゆく囚人名簿
下婢ねむりのまへのいのりす　ぬるき湯に脂うきたる浴槽の中
額の汗ひえて原爆紀念日の少女石牢のごとく默せり

若き母と生きゆくつかれ夕ぐれの脚細き椅子にからだを支ふ

少年發熱して去りしかばはつなつの地に昏れてゆく砂繪のきりん

硝子工のかわきたる眼の中すぎてこころ（の）篩のごとく削らる

硝子工くちびるあれてふく壜に音樂のごとき泡こもりをり

仏蘭西料理店のまひるのくらがりに中よりくさりすゝむ玉葱

夜の部屋に飴色すきてかわきゆく雨衣と心中天・の網島

夕映えの中組まれたる鐵骨が獸なき檻のごとく竝べり

建築中の寺院複雑なるくぎりあり（て）蝶類の卵ひそめる

薄氷のするどく光る墓地ゆくとゐ《(ママ)》りたかくそびえ(そ)させたり少女

人形劇戀の破局をみつめゐる冬服の中のかぼそき少女

家庭つねにとりでのごとし　杏ジャム壜にまだらに匙さびゐつゝ

いくさなき日を青年ら渴き(つゝ)《をり・ゐて》さくらのなか(の)《に》(なびける)(はた)《ひら》め(け)《く》氷旗

白き向日葵のゐのある夜の部屋にひびきくる地下の「六日競走《ヴェロ・ディヴェール》」

煤色に水凍りをり斑猫のかつてゐしスラム街のいりぐち

神父次第にとほざかりゆき鐵片のごとくに黑し　凍雪の野に

とほざかりゆき(たる)《し》　神父・《が》鐵片のごと淡雪の野にのこりたり《まだ見ゆる》

少年がのどいためつゝあたらしき父にかくれてふけりフルート

下水に紅き水ながれゐて聖夜劇より子らがひどくつかれてかへる

風邪の眼がうるみて紅し　きぞの(夜)聖夜劇にて・(ろ)馬になりし・(末の)・子

生暖き雨の聖夜をつどひくる聖書ビニールの風呂敷の中

海鼠ホテルより夏空に夢のごとへこみたる氣球への暗き距離

成年の儀式の後の卓上に冷水吸ひあげる角砂糖

製氷工　悪魔のごとくゆきかへり冷凍室の氷のあひだ

平和語られざれども蒼き玻璃ごしにゆがみて雪の小都市昏るる

モンタンの六日競走きき ゐたりしが浴室に柑橘の香を
汗ひゆる背をすりあはせうつうつとねむる聖灰水曜日の夜

神變詠草・八　『嘴合帖』

【凡例】

一、日本現代詩歌文学館に収蔵されている、塚本邦雄自筆の「歌稿ノート　一九五四・一二～一九五五・六」を翻刻した。

一、歌稿ノートは、塚本邦雄が追い求めた歌境を象徴する「神變」という言葉を用いて、「神變詠草」と総称することにした。本編は、巻末の歌に因んで、「嘴合帖（しがふてふ）」（シゴウチョウ）と仮に名づけた。

一、翻刻に際して、漢字は正字表記とした。仮名遣いに関しては、自筆通りとした。

一、推敲の跡が見られる作品は、可能な限り、自筆ノートに忠実に翻刻した。

一、作者の誤記と思われる箇所や、仮名遣いの誤りのある箇所も、原文通りに翻刻し、「ママ」と傍記した。

一、自筆ノートには推敲の途中形のものがあり、五七五七七の定型に納まらないこともある。

ねずみのごと濡れて春夜の教會に著きし穉き新郎新婦
かへりきて蜜月の夜の卓におく（死骸《海藻》）のごとく濡れたる帽子
黑き珈琲すゝれり沖へ海鳥のなにかつかみて翔ちゆく見つつ
蜜月のはじめの夜よりかげろう《ママ》を殺しをりながくながくたのしみ
煤色の子ら通るとき夏蝶のむれがつめたく夕空に翔つ
混血兒らが渇きつつ待ちしその聖夜一晩きりのかがやき
深夜肉屋のまへにひそかに生肉の香がたゞよへり（われらまづしき《渇ける》）我等
急行車聖夜の首都に迫りつゝ足もとにころげ鳴るラムネ壜

安息日家族こゞえて睡りゐる燈へみづからを曳く夜の蜂

煤色の子らの縄とび基地夕べレモンくさりてころがる道に

杏うれて暗きはつなつ(いつしか)《かの窓》に(基地周邊)《蛇のごと》の肌(ひか)《光》る少(女)《年》

冬の葡萄の種　煉炭の孔に落ち彈けたりロシア民謠の夜

藁婚式われら疲れてあひ對ふ半熟卵の冷ゆる晩餐

マダム・ブランシュ種もおほよそに人間のごとく汚れて薔薇展終る

泪もて蹴球終りたる(若き)少年たちに明るき鮭の晩餐

つかれたるあひびきのむれ通りすぎ風の夜ふけてゆく子供の日

安息日けだるき首都の夜となりて竿にまきつきゐる星條旗

母音歌唱してゐし少女降車せり花さく古き要塞の町

勞働祭の(日に生れたる)《ひるゆきずりに》少年がみつめをり赤く涸れし噴水

新郎新婦何か誓へりうつむきて神父とさむき群像(に)の前

驟雨の町よりかへりきてたそがれの室内にかわきつゝある赤旗

測量士月草の花萎ゆる地にコムパスの勁き脚をひらけり

きられゆく聖菓(の)《を》前に手袋の中のゆび死のごとくつめたし

水赤き河を渡れり新調の聖書を尻のポケットに入れ

あかときの枯野より駈けもどり來し騎手ほろ苦きにほひを撒ける

競馬場に夕ぐれの雨　人間が殊勳のアラビア馬にしたがひ

神父のあつき掌にかゝへられ純白の葬りの花環忽ち萎ゆる

祝婚の手紙つめたくかきをへて鮮黄のカレー・ライスの夕餐

天才少年畫展をいでて日中の魚市を蠅とともに歩めり

少女患む春（の）日々微妙なる禁忌あり　ぬれてたつ重油槽

きのふ娶りたる鐵工がいさぎよく電氣爐の黑き梯子をのぼる

原爆紀念日の粗きパンあかつきの暗きかまどを出てすぐ冷ゆる

青年は婚約の日も蹴球のひざのすりきず黛色に

聖ドミニカ寺院の下を暗綠の寒流南せり　婚約す

夏の神父泡だつ海ゆ上りくる十字架を赭き胸につなぎて

夏あかとき燈して何か讀みふける神父よ若きひたひの脂

煤色の兵出發す　蟻地獄の中心にあつき唾液たらして

チューリップ蕊見せて咲き少年の風邪(いたはると)(ながびける)頸の繃帶

孤兒院へあたらしき孤兒　暗紅の風船をさむき夕空に曳き

神父出埃及記を說けり隣席のひざにじつとりと角帽光る

離婚今日成（り）《る》うそさむき河口來てまひる暗紫色に翳れる帆

いさぎよきある日のめざめ愛の巣の水道うづくばかりに凍てゝ

雲母榮光のごときらめけり砂丘駈け來し少年のあつきひたひに

ゆく年のうすく濁りし水中に生々として死せるかずの子

老人の日の老婆いまともらざる果舗に入（れ）《り》メロン眺めていづる

大寒の屋上に浴衣乾きゐて竿の端までふきとばさるる

映畫　〝令孃ジュリー〟　かゝれり煤色の（春の）工場街の袋小路に

夕べ凍てし雪（の中）すべりきてサングラスの奥にあたたかなる男の眼

寒晝を若き土工らいこひをりシャヴェル（を）墓標のごと地に刺して

街中に眩しきものを見つめつゝ生く春ふけてにがきかずの子

原爆ドーム見にきてすぐにかへりゆく少女酷寒の黑きてぶくろ

神學生暑き四月を僧房に日々禁慾の海色の服

青年の睡たき眼あり城のごときびしくともる變電塔に

彼もまた背かむ　夜の水に浮きうすき脂の中のかげろう（ママ）

風の中の老いたる畫家よ粗き毛のズボン綠青色に汚して

裸の車輪とほくころがり　われらには舌さすばかり酸き燒林檎

革命に侍まむ心うすれつゝ累卵の（うへ）《そば》の血の蕃椒

平和なるに似て無爲の日々低き屋根の下に皇帝圓舞曲滿ち

天才少年ゐる私立校肋木をきのふはなまりいろに塗りかへ

あかときと熱兆しをり（暗き）地暗くもろき卵の滿てる蟻の巢

聖夜のたれも見ざる月さすぼろぼろの赤き鐵骨の中を徹りて

あつき湯に身を苛みてあらひ（をり）《ゐる》きぞの幼き赤旗の旗手

こゝろよはき《（ママ）》二人あひより街中の乾ける屋根の下の蜜月

換氣筒しづかにまはる春さむき夜の密會の部屋の上にて

母に未來なし　ゆふぐれ(を)雪凍ててしづかにめぐりやむ風見鶏

熱兆すゆふべ　すこやかなる者にむらさきのうどさらさるる水

のぞみなき今日の吾らに「冬の競輪(ヴェロ・ディヴェール)」うたへる熱き若者のこゑ

布教師のいとけなき妻風邪ひきて黑き小鳥を邪慳に飼へる

なまぬるき海ほゝづきを少女吐き出せりカソリック敎會のやみ

黑きビールのまどゐに入るとドアひらく火夫のうしろ(に)の見えぬ夜の海

油田への道の勿忘草　黑き原油に花をひたして枯るる

赤旗の旗手　冬の(旗)歸省にあかときの薄き牛乳ふきこぼれつゝ

熱の夜のゆめひやゝかに終りゆき白き海月のごとき氷嚢
ヴェロ・ディヴェール　彼さわ(ママ)やかにうたふとき日本の(うすく氷)泥氷る競輪
神父ひとりの朝餐の卵やき終へ(り)(っ)　ガス消えてのち劇しく臭ふ
誕生日天才の母よあけより印度林檎をむしやきにして
貧寒の中に生れて聖餐のバターほろ苦し暖房の中
かくれすむ革命家らに暑き風ふけりヒアシンスいろの海より
復活祭へとはこばるゝ荷の百合の内部灰緑色にかげりて
暗き板圍ひのなかに豪華なる寺院組まれをりたくらみふかく

脆くやさしき少女の國にむき兵が空港にふるココア色の掌

三人のかつての仲間卑屈なる貌となり近ふ・餉(タ)の酢牡蠣

繫がれし貨車より油洩れてをり死（ぬる日）(する)まで（汚れたる）(むくいなき)日つゞかむ

ドライ・アイスもちて少女とあそびゐる黑人兵に凊き一日あれ

ひそかなる怒りをもちて婚禮に列しき靴の內側しめる

果實と花とりでのごとく（めぐらせて）盲腸を除りし青年健かに病む

安息日神父が夜の薔薇の根にくさりたる乳ひそかにすつる

青年司祭つひにひとりの生か朝の卵にひどく胡椒をふりて

煤色の子の早き死を安らぎのごと悼む　基地のキャベツ溶けつゝ

老いて夏の冷たき海に翳のごとたゞよへりもと娼婦ヴェロニカ

夜の市の七叉燭臺買ひゆけり　少女が何か兇器のごとく

つながれ(て)ゆく青年囚徒不逞なる背光る樹(が)脂・[を]ふく幹のごと

地球儀に死に近き國ねむりをりそ(を)の間を抉る黑き海溝

アメリカ兵いのちをすさまじく消費しつゝあり遠く咲く孔雀草

雪のうへに死にて忽ち剖かれし孔雀のあはれなる砂嚢

今日に賭けて今日は酒場の馬蹄形なす卓に淡き酒の香のごと

ほろびゆく國の製鐵工場に透明の吐息吐く排氣管

(われら)〈ひとら〉ひそかに藁婚式の餉にあ(れば)〈るを〉貨車よりおろさるゝ白き牛

母の日の母の方へと夜の海を死にし風船海月が流る

帽子おもたくかむりて春の干潟ゆくあるひ〈(ママ)〉は沒し去らむ期待に

愛の獨白復習ふと長き脚くみし青年の沓の光る裏金

ぬるき乳のみつゝ展く基地・・〈の町〉よりの豪雨にぬれたる封書

つかれし歩みあはせゐたりき冬の夜を流る(ゝ)〈くる〉結婚行進曲に　「流れくる」カ

黑きタイツ(夜毎)〈宙に〉搖りゐしサーカスが支柱林のごとのこし去る

基地の果舗にこぼれて重き血のごとき果汁をしたゝらす巴旦杏

建築中の寺院（暗）の闇へどこよりか終日ぬれし砂はこび入る

耳に熱く皇帝圓舞曲響れり労働祭のダンス・パーティー

少年流水算（をたのしみつゝ解けり）《になやめり》膝厚き捕鯨船長・・《の父》に凭りつゝ

31. Dec. og.

一九五五年

一月

玩具の汽船腹部毀れて夕（べその）《映えに》斑猫色に輝れる歯車

ライターの焔をうつす空地(にて)〔なる〕枯(るる)〔れし〕蚊帳吊草、紙の旗

何の祭の・・・〔終りし〕あとか　ぬかるみに汚れて紙の萬國旗散る

足跡をあまたのこして地の鹽のごとき廣場の夜の凍雪

人の長たりしことなし(肢)〔腹〕ひえて春の夜の電氣木馬を下る

合唱の青年いつか默しゐて春夜の海にのびたる岬

夜の氣球ひきおろさるゝ巷ゆけり父と母とがまるき肩よせ

・・〔夜の〕藤(暗く咲けり)〔に坐せり〕青年建築家盲ひてより鶴のごとくに孤り

少女凍てし牡蠣のごとくに默しゐて行方知れざる鳥打帽子

あひびきの夜の罌粟畑くびほそき少年の風にはためくズボン

少年椅子に眠れり暗き足もとの葡萄の皮にあつまれる蟻

海港の夜のごとしも將軍のガウンの鳩羽色の袖口

パジャマのすそひるがほに似て晩年の教授新鮮なるいかりあり

自動車修理工の油にまみれたる戀とげて砂の上ゆく車輪

(感化院)遊園の日の(乾)空の水筒にすゑし空氣こもれる

黑人兵の群うつりゆき枯原にすてられしもの一日ひかる

黑人兵の厚き革帯ヒアシンスある室に(夜の)首領のごとく垂るる夜

艀にて水夫母船へかへりゆく雨ふりてぬれし春夜の海を

競漕の河岸ユッカ咲きびしよ(ゆ)ぬれのシャツの選手が(忽ちかわく)[風きりてゆ(く)けり]

(結婚のかわける)[世の人の華燭の]誓詞　枯苑にくちづ(ママ)さみくらくわらへり神父

赤き日覆垂らし朝餐すすさまじく榮ゆる肉屋妻子看族(ママ)「眷族」カ

バレエ「火の鳥」果てて名もなき鳥なりし少女が雨衣につゝまれかへる

觀客の肩を羽蟻がうつりゆきバレエ「火の鳥」の暗き幕切れ

スラム街に少女消えゆきさむき日のきくらげ色の道に日がてる

みのらざりし戀よみがへる　鹿革の手袋の(うらがはが)[ゆびゆふべ]濕りて

不和すでに兆しつゝあり　愛の巣の軒にかゞやく雨滴をつらね

明日は何にかけて生きむか（かゞやきて《ひかりつゝ》）冬河に沈みゆくラムネ壜

少年少女まだ夏の日のにほひする貝殻草を插出に秘め　「抽出《ひきだし》」カ

小鳥のごとき聖歌の兒らが教會のくらさに汚れつついできたる

めをつむり掃除夫が夕べまだあつき煙突を攀ぢゆけり巴里祭

春夜巨き煙突の群漆黑に（光り《ぬれ》）をり（ねむる）少女ら（のうへ《にある未來》）

カンナの根砂にうづめて巨いなる期待ふともちをり四月馬鹿

鶴つひの一羽も發ちてひやゝかに羽毛ちりくる春夜の岬

くさりたる累卵を昨日まで支へゐしもみがらの生ぬるきやみ

少年ひとゝなりぬ枯れたる楡の木に忘られて雨にぬれたる梯子

熱きばかり雪ふりきたる煤色(に)のまづしき屋根の小市民らに

愛人とその愛人とかへりきし汽船滿艦飾にてさむし

不肖の子不肖の妻とあひむつむ春夜のつぼにとけゆく乳菓

戀を得てより寡默なる青年に高くこだます馬醉木の森は

妻と植物園に逅ひつゝことばな(き)[し]青銅いろの夏の柑橘

聖家族凍る下水に生ぬるく汚れし水を朝よりながす

聖夜明けてひとら眠れど父（の）と子のたのしまざればたゝく木琴

四月馬鹿びつしよりぬれて夜の首都へ貨車にてはこばるる薔薇の苗

冬のトマトしたゝらせくふ少女らよ「映畫　狂熱の孤獨」みてきし

復活祭神父の老母すこやかに狡猾に禽のごとき夜の貌

氷菓くひちらして若き憂國の志士さりぬうすらさむき巴里祭

しやぼん玉混血の兒の息滿ちて消えゆけり雨季（近づく(きざす)天へ(夕空)）

4. Jan. '55 og.

〈海色の服〉短研三月

二月

司祭娶らざれども冬夜連禱のとほく廚に炒られゐる葱

若（き）くして聖職に就く暗きさがアメリカの赤き冷肉愛す

夕べ暑き地におろされて萎みゆく巴里祭の酒場廣告氣球

革命の後の母子らに鹽づけの魚卵泡立ちつつ饐ゆる（黴雨）甕

田園都市いくさを經たる市民ら（の）《が》鴉のごとき聰明の生

ゆく年の夜の屠殺場横切ると母のごと美しき牝牛に遭へり

鎖もてつながりゐたるさむき陸より帆船が今離れゆく

飛行士老い清く痩せたる熟睡の胸におくその禽のごとき手
赤道を過ぎし旅客機正餐の冷肉にふかくナイフを刺せり
聖職を老いて離れし男にて黑子あり蝮の卵のごとき
革命は日々あらざれば夜々の月光ひそかなる熱もてり
少年期　驟雨のごとくすぎゆくと器械のなかにかたまる氷菓
藁抱へていそぐ少女よとざされし夕べの檻の凍鶴のため
基地の夜の新しき井戸なまぐさき虹色の水吐きつゞけゐる
熱の眼とゞかぬ夜の(空地)いづくにか巴旦杏重く熟れつゝあらむ

地獄の季節ここにめぐりて孤兒院の懲罰の子の葱色の頰

オイル・タンクの翳に逢ひにき革命のきたらざるままわれらは未婚

世界いくさにそなへて（（熱《くら》）き・《沈》默の）熱くもだせるを氷柱の中の火事色の百合

要塞の沖より日々に揚がりくる飾釘つきの箱すべて空

幼兒らに罪の日は來む　薔薇いろの積木の門にゆびをくゞらせ

黄昏の巓頂つめたく仰ぎをり鷲精悍におちきたるさま

日本を惡みつゝ棲む裏街に蕃椒火事色につきつゝ

纖き母子道にすわりて牡蠣殼を割り血みどろの身をとりいだす

ほろびたる母國の軍歌春ふけて酸味喪ひたるレモン截る
父の日の食後の菓子は〈黑奴〉といへり　漆黑にねぢれ濡れゐる
革命の後にこむもの　煮られたるあさりのからをすてつゝ思へ

三月

わが心しきりに昏し誕生日更けて灰綠の桃くらひつゝ
屠殺場の黑き凍雪死にあたひする何ものも地上にあらぬ
望遠鏡のレンズに罅がある冬の電氣科學館に逢ふ暗きひる
プラネタリウムに冬の星座をみつめゐる戀人たちのなかの老人

脣を舐めつゝ壁の星座圖をうつしをり手くび纖き少女ら

少女もろき心まもると人中にヨハネ傳黑くおほひて讀める

青年雨にぬれきて椅子にまどろめる剪りたての香菖蒲のごとく

約婚のその後の心ひもじきに地下街にひびくビア樽ポルカ

戀人のひとみの中に昏れてゆく基地周邊のみのらざる麥

水夫とほき（廢市の）（少女おもひ［少年を戀ひ］）（・つゝ［て夕ぐれに・て夕風に］）乾す海水にふくれしロープ

廢墟に異邦人の家建つ日々を葱色の扉ひらく登記所

司祭家畜とともに肥れり神妙に朝宵の餉の淡々として

兵士錢を得てかへりくる燕麥畑のかわききりたる五月

死鷄つみて荷車ゆけり小説は今父と子の乾きたる接吻(キス)

革命記念日の雨老いし革命家豚の酢漬の夕餐をはりぬ

暗き壁より出でしパイプよ生肉を燒くにせ眞珠色の瓦斯の火

ホテル・マヤ廚のフライ鍋洗ふ油が光りゆく夜の水

希臘の春婦傳よむ夜も刻々とすみやかに咲きのぼる菜の花

オリーヴ油荒れたる頰にぬられゐる少年よぬるき夕風の中

碎氷船たゞよひきたる人間よりもろき氷を破りつかれて

碎氷船の水夫醉ひをり春祭り來（き）てふるさとにあらぬみなとに

穀物祭の町あたゝかく青年の耳のうしろにのこれるしやぼん

輕騎兵にがくにほひてすぎしかば開かむとする百合の花束

草の芽が硝子のごとく光りゐる踏みあらされし元戰士墓地

十七歳のコンミュニストと黑人の悲歌など木賃宿にてきくも

五月祭は昨日かゞやける男湯の（中央に）眞央いたみし噴泉がある

オリーヴ油工場の火事及びきし運河の岸のひたすら暗き

薔薇もてる老婆よかつて（たくらみし）子・・（ら皆）を革命の士となすたくらみし

城に至るいづれの道も鐵骨におほはれて血のごとき滓垂る

病・娼婦、女衒、乞食の（よりあひて）默しつゝ希へりさわや（ママ）かなるいくさの日

四月

天國莊養老院に今年死者皆無　牛肉色の煙突

騎馬の少女まひるの坂を下りたり　青馬のまみ不吉にぬれて

胸ににがきもの充ちきたる春の日を遠きラグビー戰ひゞききて

天皇誕生日を街人らたえまなく渇きをり紅きソーダ水のみ

寒の果て異國に死にしタンギイの〈青き水底〉につゞくわが飢ゑ

洗禮の日を休みたる八百屋にて絲蒟蒻の桶に日がさす

將軍のかつて何をか導きし今死に近き胡椒色の掌

さむき日の燒跡にやけのこりたる鐵あつ（め《む》ゐる）褐色の汗して

暑き日のあかときがたの戀　蟲の翅のごとくに透きつゝほろぶ

灼熱の地へ移民すと出帆の岸に腹やぶれし手風琴

腕に（花《わが名》）黑く彫りゐし少年と別れたり春の蚕の市にて

いたいたしき祝婚の日の家裏の鰈のほねと人蔘のくず（ママ）

無料診斷所のゼラニウム濃黄のつぼみ密生せり五月祭

酷寒の日の暖房の地下街にゆきづまり(た)り　そこ(の)に(賣る)牡蠣賣る

戰争知らぬ少女長(子)て冷酷に戀せり　(壜)に(饐え)ゆく火喰鳥

五月祭の列過ぐるとて樂屋より見下せり　夜學生なるロミオ

音樂・未來あり　冬の日の檻に凍て(ゆける)駝鳥の卵の未來

漂流のごとき眠りのすゑにたつ外人墓地の十字架の群

首都の動物園に生れて白孔雀煤色の胸見らるる五月

暴君の子の誕生日　吾らには血のにじむ鳥貝の皿ある

アメリカに生れて黄色き肌もてる一群が海鼠すゝれり夕餉

下水に雨はげしくふれり累々と聖書印刷屋に刷り上る

泰山木雪白の花ふゝみたり青年を措きて何を愛さむ

日本のあまたの孤兒の誕生の他に孵る蛾、蜥蜴、かまきり

老婆誕生日にて夕べには濃き印度カレエいさゝか沸騰せしむ

ハーモニカかみて鳴らせり不吉なる軍歌のごとき國歌を子らは

故園にのこる老ユーカリ樹、鐵の寢臺、伏字ある厚き思想書

敗戰の日に生れたる少女にて漬物色の固きてのひら

受難日（の）・崖（あかき斷崖）の黑土生々と葱ぬれゐたり脂のごとく

人形展首位受賞者は肥りたる老嬢にして齒にすきまある

平和會議遲々とすゝめりあけ近く蠟色にぬれし昨の木蘭

騎馬の少女駈け去りしあと焼あとにきずつきし苦蓬がにほふ

死への一日一日を（ひと《われ》）ら怠りて生きつ（つ）人蔘いろの夕映え

コンミュニストと約婚の日を寡默なる少女きずつきし葡萄《ゑび》色の爪　「ゑび」はママ

ひややかに（命）（たもちてゐる）（春を）《己れを持して日々あれば》崖の菫の髪のごとき根

ひややかに己れみつめてある日々を崖の菫の髪のごとき根

風琴に唾液つまりて沸々と激すなり冬の子の革命歌

靴工やみ（て）夕風の中磔刑の形にてかわきゆく菜葉服

ジェット機掠め過ぎ（たり）《しか》巨き酸漿のごとく充血したる晝の空

青年と今朝別れしが酸漿のごとく充血したる夏天

すがすがしき飢ゑにたへをりキリストも（生きを）《死なざ》らば脂ぎり（て）老いゐ・《け》む

（音）こゑもなき五月祭《メーデー》よわが眼帶とまぶたのあ（は）ひに・・・《ひゆる》夕（茜《映》さす）

金利生活者の初夏に白きグラディオラスせせこましくさきのぼる

竊盜の少女なめらかにナイロンの靴下ふかく穿きて放浪

厚きガラス窓に日がさしあはれなる尾鰭をもてる婚禮衣裳

鸚鵡華麗に飼はれゐるかの屋上に嗄れたる勞働歌がひびきゐむ

檢兵（ママ）の末裔（なる）（の）少女・（に）愛享けて胸あつきまでひどく風邪ひく

平和記念日にすゑられて新しき墓のごとくひえゐる熔鑛爐

罌粟油搾油工場主任より罌粟畑管理人への左遷

修道院春の煤掃　キリストがひそかに小氣味よくはたか（るゝ）（れて）

春ふけし夜の希望（ママ）峰いくつかの難破ののちに冱え冱えとあらむ

屍臭みつる狹き國より亡命す網の目くろき手袋はきて

復活祭の母吝かにしてふるき鷄卵を固くゆでて飾れる

混血兒はやひややかにその母の愛質すなる蜥蜴色の眼

夜々の李のかたき果を狙ふ少年のゆび蜥蜴のごとく

復活祭の街を過ると荷車の（車）軸褐色の唾液をためて

泰山木の花嚠喨とさきわれらあとすざりつゝいくさに至る

花ひらく復活祭にくらはむと透かせばうす暗き無精卵

小市民の（一）生畢り（て）今朝は灰綠の春服を古物商に買はるゝ

熱湯を暗きかまどに溢れしめ（蟻のごと）[騷然と]人の一生始まる

勞働祭　藥屋街は鈍重に醋酸の甕ならべて眠る

農夫晴著來(ママ)てさむざむと七階に細き細きそばすすれり彼岸

人殺しの刑さだまりてみのらざる葡萄昨年のつるより芽ぶく

晩夏(巧妙に)［巧みに］人(ときふせて)［をおとしめ］(き　て)［ひえびえと］葱蛇いろにひかる晩餐

汽罐手の戀のはじまり花賣りの子のて(を)［へ］うづくばかりに握手

貧しくて薔薇に貝殼蟲がわき時へてほろびさるまでを見き

いさぎよき軍歌聽きたし無爲の日々おそき朝餉の胡椒しめりて

空しき巴里祭の町へと麻服のあらひ晒されしを著て出づる

父若く夜の屋上に失車(ママ)の響きやみたるときの眸ばたき　「矢車」カ

若き父ふかくねむるを屋上にきずつきし鯉幟りはためく

鐵材置場（の）熱氣滿ちつゝ編目粗き籐の乳母車（を放置せる）がころが（れる）〔來り〕

結婚式前夜空しくあつき掌をしびらせて部屋に釘打ちてをり

少女長き沓下干すと七階の窓にせのびをせり五月祭

花賣りが瞼おもたく錢かぞへをり搾乳ののちの牝牛よ

海上保安隊員稀に屋上苑歩めり　血紅色の蓼の芽

若き漁夫皮膚ひからせてかへりくる夕べには〔あり〕楡萌えゐる岬

さむき誕生日の末の子にあてがひし鹽漬の豚・〔の〕ほそき血のすぢ

にくまれて母が日蔭に干したらす　このはがれひの櫛なすせぼね

ジャック・ナイフが核割りたれば青年のごとくにほひて苦き杏仁

炎天に垂るゝ鞦韆眸とぢて易々としたがひ來しものゝ果

翼々とまづしき平和まもりきて孤りなり雪の中の鞦韆

烙鐵を水にいるると鐵工の汗血のごとくむねにしたゝり

皮膚つめたく疾みゐるあさを燦然と砲鳴りアメリカ兵の祝日

五月祭のあつき路上を覆ひして犬のせし乳母車がとほる

ユリア洋裁店のやけあとよぎりきてこゝろよく冷えきりし兩足

ソフィア香油店主(は)やみ(て)《つつ》日本の色濃き夏の野菜高騰

ユダヤ人邸の刈られし月草が・《莖》くさりつゝさかす夕花

キリストより(美しき犬)《心かよはき》司祭ゐる寺院にて黒く輝る犬の糞

「かよはき」はママ

我を一生にくみし人の死に会はむ旅　沓下に脂にじませ

司祭館の暗紅のソファべつとりと汚れてうそさむき復活祭

奴婢訓をよみふけり一日くれ夕餉にあざらけき茄子のあゐ

祝婚歌相和するとき對岸をさむざむと樂隊がすぎたり

屋上苑白くかわきて葱のみが脂ぎりをり皇后誕生日

ゴムの葉のだらりとたれて光りゐる美容院マダム離婚成りしや

搾取劇しき油工場につらなりし運河のおもて厚き泡ある

ひとの愛人ととなりて住み壁に（肌衣）春著ぬけがらのごとく吊せり

家族頭扁平にして屋上のテレヴィ・アンテナをひそかにほこる

ロココ模様の細工椅子買ひかへり先づ自が扁平足のせて爪きる

おそれつゝ待つ革命か孤兒院のすべり臺蒼白に塗られて

原爆忌われ健かに純白のさむき麻服に四肢をつゝみて

原爆忌ふけて花屋に髪うすき老婆が（巨）〔蒼〕き海芋を選れる

家族らと章魚くらひをり美術館にてかがやける寢棺みし夜を

約婚の少女と夏の曇日をひつゝきて象の曲藝見るも

教授世をなげけ（り）［る］うしろ蜉蝣が光り群りとび睡氣さす

靴も口も（心も）おもき青年地下にあふ鳥人クラブ春季總會

キリストの年・［齒］死なずして昧爽の水のむとき（の）［を］淡き肉慾

戰火いつか及び來む地にこの夏（に）［を］咲きて枯れゆく罌粟蒔くすこし

若き神父吾をこらしむと聖書くりかへし誦さしむエレミア哀歌

五月祭をとほくより見る洋傘のぬるくおもたきかげに身を容れ

復活祭の雨（何ものも生れざる《よみがへる何もなき》）や（す《さし》）き暗き（を）洋傘（はもつ《の中》）

復活祭明日來らむ（を）に老夫婦晩き夕餐を炊く砂色に

きりぎしのユダヤ人墓地炎天に黄（色）なる地下水したゝらしゐる

空中にて紳士某氏と革命をかたる晝餐の甘酸きフライ

猩紅熱畢り市民の皮膚のごと紙ふかれゆく河口の砂地

砂漠の映畫みにゆかむため汗かきてわれら砂まじりたる飯くらふ

天皇誕生日より子供の日までかのにはとりも鯉も死刑にされて

善良にして無能なる父母の肌著純白に干す原爆忌

黴ふきし麻服（を）まとひゆく夕べ沸々と鳴る古典組曲

誕生日の卓に汚物のごとくあるこのわたと狹き（ママ）父の來歷　「狡き」カ

孤兒と見る植物園にうすぐらき花ありて記す「ほたるぶくろ屬」

旱星　夜はあざやかに身にともる慾望と（遠き）（夙に）〔日々〕老ゆる戀人

樂人の父の死後にて甲蟲よりもしめりて輝くヴィオラ

母の日の公會堂に華麗なるソナタ終りて凄かむわれら

空罐の褐色の水少しづつ乾きゆき老革命家の死

愛、にくしみと變りつつ混血の子と母（と佇つ）罌粟苑の夕風の中

獄吏移轉すると汗してほりおこすチューリップの蒼白の球根

ねむりてもなほ兵隊として歩みつづけをりギプスの中の兩肢

われら夕餉の肉にたらひてそののちを原罪のごとき桃色の舌

晩餐の肉くひたりてうからが原罪のごとき桃色の舌

母の日の老醜の母一心に咲ふ蒼白の若きそら豆

婚禮の日(の)を照りかへる街ゆきて黑き牡鷄のごとく孤絶す

うるさき戀われにつゞきて皮膚のごと冬の孔雀の檻しめりゐる

あざむかれ易きひとみを鶴飼育人はもちをり　夕風の中

教會の扉より聖母をさしのぞく基地周邊の焦げくさき兒ら

孤り遊ぶ混血の子よ空色の鐵輪運命のごとく廻して

くらがりに光る青梅　頭を病みて教誨人のながき（一）日の果て

にくみ合ひつゝ生くる家（庭）族の狹き庭にカンナ生々しく芽（生）吹きたり

こげ臭き花火の街をかへりきて眞夜の卓の下痢のごとき詩

撒水車昏き教會前の道ぬらして過ぎしかば口渇く

共に死を語りし人も肥滿（せり）[して]晩夏白桃のほろ苦き核

娼婦の家に米炊くにほひ滿ちてをりよあけ下水の淸きうはずみ

結婚の日までのわれが眠るべきいたみたるみみず色の寝臺

青年のにほひまつはり夕ぐれの競艇の河岸ぬれたるユッカ

「結婚の幸福」は夜の窓に干す足よりも長き(透ける)《絹の》沓下

祝婚状つゞり始めぬ鳶色の娼婦のゐある寝臺にゐて

母の日の雨　生ぬるく一列に花ふゝむなまり色の甘藍

父母は狡猾《ずる》(に)《く》(して)《その子に》修身を(戀)《希》(ひ)《へり》錫色にくだつ甘藍

モナ・リザのごとくゐまむと戀人のつひに硬著《(ママ)》したるくちびる　「硬直」カ

(酷)寒ゆふべひとりこもりて聴くわれのみじめさに通ふユダヤ音樂

生えびのつめたき皮をはがしゐる唇モナリザに肖て狡き（下婢）妻

子を連れて教會に來ぬキリストの黒くひきつれし四肢見しむべく

父母のまづしき老いに蠟ぬりて冬こしゝトマトくづれはじ（めぬ）むる

肩に蟻這はせ（て）夜明（あけより）街に出で我ら得る日々のうら苦きパン

シャツの首壜のごとせばまりゐるに青年よつねに何かうしなひ

祝婚状の左肩　纖細なるわにの繪ある濠洲の切手はがすも

コンミュニストのどやみてをり沸々と夕（ぐれ）映えて沃度いろの薔薇の芽

ジェット機操縱者にのこされ（し）て肥（やせほそる）りたる娼婦マリ子と牡犬マリイと

母は焼魚のごとき額あげていのりをり空にへこみし氣球

元司祭美食のはての胃にみつる箴言のごとにがき液體

神についいて戀に貨幣についいて子と語りたるのちのにがき蓮のみ

負債相續せし日も今も地下室の井戸に夕映のごとわく泉

黑人兵移りすみきて屋根裏に愛しをりあをざめたる海芋

髪染めてゐるわが母よ冬の日を一束の骨のごときあぢさゐ

たたかひに捷ちたる國の昧き眼の少女噛む火星色の卵黄

平和祭の炎天にしてかわきたる鐘ひびく「汝ちかふべからず」

ジェット機にひきさかれたる母の日の母たちの菫色の（空）夏空

母のごとき眸持つ牝牛（わが前）（すこやか）ににれがめり　人間（ひと）われに原罪

修身を戀ふちゝはゝよ一列に花きざす鉛色の甘藍

父の胸崖のごとしも（わが知らぬ（人ら）あまねく愛し來りて）（母ならぬいくたりか愛しおほせ來しむね）

「人ら」の右に「女」

われに肖しいくたりか愛しおほせ來し胸きみの胸荒野のごとし

古典劇みるわれらのために數百の蛇色にひかりゐるパイプ椅子

子は新しき母をにくめり　橄欖園昏き樹間に果を兆しつゝ

愛に飢ゑてのむうす朱きソーダ水終末のごと泡たちのぼる

漁夫街に出てなまぐさきある夜の硝子戸のむかふ側(ママ)の木蓮

白くして暗き海芋の花ゆらぐ青年のふかき眠りの底に

こころかわきて日々過ぐる街今日暗きくれなゐの梅干しひろげたる

すきまだらけとなりて佇ちゐる(身の)まへを貨車のろのろと通り終らぬ

夫婦らの肩の間より見きガラスごしのほゝゑみ鋭きマリア像

血液銀行前の暗渠に騒然と家竝の(細き)下水(あつまる)

頭の心に熱罪ふかきき(ママ)・すときちかぢかと薄荷畑が匂ふ

街中の婚禮に道ゆずり(ママ)つゝ帽子の中の髪の毛暑し

人ら鳩のごとく家庭にむつみゐる夜（をとほくに（にて））《の巷とほく》きて渇くかな

風邪きざすあつきくちびるもてアイス・クリーム舐りゐき誕生日

かつて娼婦今日煤色の子をいだくかの胸（のうち）の泉暗く湧き・む《ゐ》

シンデレラ劇見る父若く額におちかゝる髪くらき雨のごとくに

五月

袋小路海にをはれりいつの日も幼兒があまたゐてかゞやかぬ

榮ゆることなく晩年（は）至らむ（を）《を・に》この信號機《シグナル》のにごる橙黃

榮ゆることなく晩年は來らむにこの信號機《シグナル》のにごる橙黃

少年歌手のど腫れて臥す六月をくらきむぎわらいろの寝臺

望みなき革命ゆゑに愛（されて）樺色に灼くる屋（根の）上の星

「愛せむか」「愛されて」「愛さむを」　などの書き込み激し

われに昏き五月（の始め《始まる》）血を賣りて來し青年にゑみかけられて

五月祭の汚れたる列見下せり　屋上苑の罌粟の間より

月朱き五月となりてあとたちし母の消息、犬の行方

誇るべき何もなければ乞食らの（あつき）眸（にあふ《をくぐりぬけ》）花（どき）の町

（結婚記念日《木婚式》）今はつぐなひ得ぬもの、いくばくや濃く辛子を練りぬ

旅のレモン鞄につめて（指先があつし）[心ふとあやふし]（ふと）梶井基次郎のレモン

とほき管弦樂ひびきくる父の忌の黒くしめりし服の我らに

閉鎖近く扉をあらひゐる幼稚園にて園長の香油がにほふ

青年には今日あるのみを竿にまきつきたる黒き夜のこひのぼり

子なき老夫婦の家に惡童がきて一夜さの菖蒲湯にごる

ほゝあつき寒のあひびき翅失せし羽蟻ガラスのあはひにむせび

颱風の日曜（日にて）ラヂオより若き牧師の蜜のごとき福音

五月夜のつめたき汗に覺めしときとほきうた「コマン・プチ・コクリコ」

美しく細りゆきつゝわが母が透きてをり夏の喪服の中に

5. May. og.　〈密約〉

毒舌を武器となしつゝさむき日を針金でおさへ（られ）たる・・瓦（屋根）

基地の變電塔ぬ（れてをり）（るる夜を）殺意もつ電流黑くにごりてあらむ

汚れやすき日々にして飯に（そふ）ふるこのいさゝかの苦きやき鹽

われが祕藏するすりきれしレコードの唄狹くやさし「詩人の魂」

夕べラグビイ戰果て堅き地に臥す青年よ黑き血の花咲く掌

われの心に違和あるときを深皿の熟れきりし蠟色の白桃

靜脈色に咲く鳥兜　日本の始めにいくさありき終りも

エジプトの昔孤獨に人ありてゐりにけむ甕の纖き鳥獸

疑惑おほき今日の視界にきらめきて展けくるものとほき蹴球

慾望の底ひにさむき朝あけて藻のごとく汗にぬれたるパジャマ

あつき誕生日にて眞紅の染料に汚されし[2]河が流る[1]朝より

帽子屋へ霞のごとき黑き紗をはこびきしがたがたの乳母車

はじめてのたばこに醉ひし幻の琥珀色なす亡父のなかゆび

晩夏昧きあかときのゆめよぎりゆき死者の軍靴のうらがはひかる

愛にうゑてひふしほからく死にゆきし少女の上をとぶ赤き蚤

疊入れて小さき家庭に（あ（か）たらしき）《ひややかに・さむざむと》枯草いろの沙漠ひろがる

ユダよりも・・・《もろき》心の司祭ゐ（る）て寺院（にて）の黒き血のいろの罌粟

蜜月のをはりの日にて妻が買ふ眼つらぬかれたる乾がれひ

混血兒羊齒のごとのびあるときは斜より母を狙ふごとく見る

愚かしき夏　われよりも馬車うまがさきに（かむりし）むぎわら帽子かむりて

逞しくして愚かしき父（につき）《とゐて》スープの中のなまぬるき匙

聖灰水曜日のミサのこゑいづくにか暑しひたひを這ふ髪油

寒の巷　埃かむりし暗綠の植木（が）たちをりゆく先々に

死は窮極のなぐさめならむ暗がりにありてレモンのまとへる光り

鳥の骨まじりしとほき河原の砂すひこみてゆく埋立地

子の未來もまづしからむか夜の庭に紙の鯉幟が濡れて垂る

末子われにつめたき遺產錆ふきし釘七つある七叉燭臺

屋上は夜もあつからむ汗ばみてひとのぼりゆきわれは眠らむ

靴工夏至の一日の・[を]はり純（百）白の首せまきシャツすつぽり脫げる

帆柱のぼりゆき下りきて水夫いまながせり揮發油のごとき汗

罌粟の花つめたしわれのつきてゆく青年の背をのぼりゆく蟻

自衛隊員募集公告あつき日を獨活薹たちて灰色の森

家族おもたくともなひて來し獸園の人工林に白き燈ともる

憲法のどこかゆがめり林立せる獨活のすべてがひく青き翳

生ぬる(き)く聖餐の匙口にあり祝福されず(母)我ら老いむか

青年老い易し(雨季すぎゆきて)颱風すぎし日の床下に空壜が林立

聖家族住む地下街に一隅の網はりてほろほろ鳥の族

貪婪に少女咬へり病室の細きクリスマス・ツリー點滅

（母の日の父）檻の老孔雀に・《も》のをいひてをりふところ手して「母の日」の父

母の日の父が全身托しゐる（急坂の生）《下降電車の》ぬるき吊革

蹴球に傷つきて來し青年をぬれしジャケツの上より愛す

（炎天）片陰の駐車場にてのろのろと自轉車めぐりをり平和祭

つめたき眼もて祝はるる誕生日の（濃き）茄卵濃き翳を保てる

君に逢ひにゆく愛されに　海よりの夕風はらむシャツを帆として

心まづし・《き》（ければ《く》）險しき（眼）われら・・・・・《ある日に來て》仰ぐ（夜の）煤ふる空の金色の枇杷

心さむく見てをり何かきらめける風邪藥人が嘸みくだすさま

一生充たざらむ心か乳色のダリア咲くわれの貌より上に

君は天の收穫びとか吾を胸に熟麥の束のごとくいだきて

父母の不和の掌がふとふれあへる玩具のエッフェル塔の下にて

鱒、フライ・パンに焦(ご)げをり執拗に中耳にひそむ語〈マイン・カムプ〉

熱きガラス層なせる中ひざまづき硝子截斷せり黑き(胸)腕

葡萄の種齒の洞に落つ　このジョルジュ・サンドの像のいぢわるきあご

建物沈下しつつある一區域にて夏されば靜脈いろのあぢさゐ

死が内部にそだちつつあり重々と朱欒(うちむらさき)のかがやく晩果

原爆忌雨ふる中に黑色の鷄頭は殺されし亡父の掌

新しき父がくれたるレモンしひたげをり　苦き油にじめる

父母律義なる一生を遂げむわれはわがために罌粟蒔く皮膚色の土

あつくるしく子にまつはられもの喰へり悲劇を客に見せてかへりて

失戀ののちを肥りて代役の衣裳身にくひこむハムレット

虛無に通ずる口細々とひらきをりガス涸れしガス焜爐の火孔

紙婚式ねころびて見る極彩の〈アリババと四十人の盜賊〉

人のうしろより喜劇みてかへり來し寒夜にて白く凝る髪油

われが不在となりたる街にきしみつつ鹽積み（し《て入りゆきし》）荷車（が入りゆける）

消耗しつく（せ（し《し》）る《て》）深夜向日葵が白し　告發さるるごとしも

無數の孔　地にうがちて立ち上るわれは毒麥をまくにあらざる

洋傘修繕人が寸斷せし骨をばらまきて（立ち上る炎天《たつさむき地より（立てる）》）

スターリン・死《の》（去以來《後ぬるま》）湯を贅澤につかひて身拭く老婆タチアナ

妻の誕生日卽受難日たそがれを生きてうごける泥色のえび

かすみ草ちぢれてひらく　かゝる日に貝むきの老婆誕生日もつ

煤ふる空の下にてまづし神官も眞空掃除器販賣人も

頰あかき正義の人に對ひつつふと戀しものかげの罌粟群

菌絲のごと雨ふりてをりわれのいつゆくこともなき崖の下にも

人間にみつめら(れつつ)〔るれば〕炎天の縞馬の汚れたる白き縞

氷砂糖舐めて死ぬまでしあはせに元悲劇女優なるソファの祖母

まづしくてかつて何にもふれざりしくちびるあつし枯るる中にて

金もう〔(ママ)〕けて詩集(を)出ししかすゝけつゝ人蔘ふとりゆける河内野

ジェット機ゆすりすぎたるあとを物いはぬ果舗にて巴旦杏の黑き血

三月の港風ふき牡蠣剝きの老婆牡蠣の香まとひて死にき

暗渠の渦に花もまれをり知らざれば（ひそかに）《つねにひえびえと》（胸に）《つめたく》鮮しモスクワ

吊されてしだいに腐りゆく果舗のバナナ仰げり眼細めて

五月祭の列よこぎ（り）る・《と》切目待つやましからざれどもほゝゑみて

引潮のくらき下水をカンナの花うごきつつありわれ（も）《は》うごか（む）ぬ

ソヴィエトに政變ありし一日のくれて江にかさなり合ふ鵞鳥

新しき母が來てより窓々（の）が舐りたる皿のごとくもりをる

血液銀行硝子の間・《に》煤すこしづつたまりゆき五月祭いたる

たれもものいはず羽蟻が群りて昇天すあつき射程距離内

くらげのごと四肢がはかなしジェット機のひびきにわれは轢断されて

人のため鳴れるピアノに長ぐつの歩みあはせて雨季ながびける

父母（即ち悪のみなもと）《今もともにねむれり》（褐色に）《うすぐろく》（鶏頭）焦げてのち冷えゆける鶏頭

人の死に招かれしかば（鹽からき）《うす甘き》人蔘（額　に）《くらふうすき》汗して（咲ふ）

強烈に日がてりしかば溺死者が乾き上れり（つれかへる）《埋めらるる》べく

腕ほどの接骨木の枝生々といたむ重たき縊死者がありて

ジェット機すぎ（てのち）《しこ》の炎天・《を》立ち去（れる）《りて》人にいひたきことあまたある

あまた生みて髪うすき母の「母の日」に何もなし卵の中の血のすぢ

老年の戀そだちつゝ佛像を見て歩く沓の中に砂ため

死のごとき片蔭に居て見(る黒き)《つつをり》汗ふきし馬の犇めける貨車

寒き燈の下におかれて機關士の戀の時いらぬ脂の手套

ヒマラヤにひと發たしめてヒマラヤを惡みをり　のこりたる毛の手套

柘榴實をこぼしをりアメリカ人の屋根にもひゞきとべるジェット機

不和(が)つゞきゐてやすらけし(のこり)《ガス》火に煮つめられたる暗紅の(薔薇)ジャム

五月五日・雨・犬の戀・(海老くひて)《海魚の・かまぼこの・生えびの》蕁麻疹・夕刊に人の死

手さぐりの生活の中に光(るもの)《り(ある)をる》新しき眞鍮製おろし金

眼ともりつゝ猫の戀　赤錆びのため細りゆく鐵骨の中

眼やさしき夫にだまし通されし妻が最愛の老いしシェパード

聖家族に飼は(るる女)《れゐる》猫戀とげて紅きやすりのごとき舌だす

混血兒煤色の父戀ふることたえてなし雨のたちがるる罌粟

ぬれし洋傘またひらき出る夜の雨のいくばくか革命につながり

人詰めて魚卵のごとき朱の電車すれちがひ(たり)《つつ》いづれも無縁

麴の花さき一室がけむるごと甘し人の死にかゝはるときも

ずたずたの過去もつわれが近づかむ棧の・《を》はり海に沒する

夫婦老いてある日の濱に帆立貝ひろひてかへり來しが捨てける

眼つらぬかれたる鰈風にゆれ光りをり聖灰水曜一日

夏ごとに殖えつゝ色のにごりゆくダリアが畑にあり四肢だるし

喜劇最後まで笑はずに出て來しがわが鼻の尖ばかり・（に）雪ふる

革命の唄人につきうたひゐて昏くなる冬の楡の木林

蜜月の壁飾らむに色ずれて笑止なる複製のモナ・リザ

傍觀の一日終りて身を容れむ蚊帳　暗綠のひややけき檻

われの傘直しし洋傘修繕人　死にて六月の河なまぐさし

われらの不和（けふ始ま）《いつかをは》りてビニールの風呂敷の中の蒸るるいちぢく《（ママ）》

たれか傷つきてたれかゞ生きてをり（葱）いためられ罪ふかき香（に）の葱

暗渠ながれゆくもののわれの明日《みようにち》につなが（りをり）《（る）れり》薔薇も猫の死骸も　「みようにち」はママ

マンホールに梯子かかりて地下洞と今生くるわれ（に）《を・に》さむ（く）《き》つなが（る）《り》（繋）《つながり》

汗の少女はづせし銅の十字架の擦れ光りたるキリストの四肢

[2]われを容れざる黒暗（に）を戀ふ（る）[1]炎天のマン・ホールの孔跨ぎつつ

寝（室）《臺》の金具にうつる家庭内終身徒刑囚のわれの眼

遮斷機の下（を）すぐると（き）《て》馬車馬が人間のごと白き眼（をして）《なせり》

聖家族もの音もなく移轉りきて刻々生るる下水の・泡《氣》

すさまじき夏ジェット機の眞下にて羊齒とわれとの生ゆるさるる

華燭かがやきをりいづれたのしまぬ一生ゆゑ始め紛はさむと

炎天の街おくふかくわれのせてはげみなくエスカレーター（昇《めぐ》）る

卵黄あざやかに誕生日（を祝ひ《ありわれの》）手袋の中（に《の》）汚れし・掌《兩》（ある）

戀の始めに似て桐咲けり戀なくて聖家族汚れやすきてのひら

コムミュニストの誕生日にて荒寥と食卓を飾る枯れし罌粟の果

愛うすき父の一生の始まりに何ありしや寒の（帆）沖の赤き帆

われの內部に水のごと滿ちゆく月の光りと赭き瀕死の犬と

ジェット機の影よぎりたる薄荷畑にほひ亡せつつくらき(牧)收穫

性器もてる駝鳥見しかば獸苑の片陰(を)《をゆく》ひたひ(つめたくかへる)《ひえつゝ》

劇しき戀のすゑにわれ生み麥秋のひりひりとして愛うすき母

煤ふる屋根に浴衣干し竝めつゝ吾等英雄を心のどこか(に)《で》待てる

無爲徒食せる父のふとくちびるをふるはす歌「勇敢なる水兵」

汗にぬれしシャツ脱がずして晩餐の葱くらひをりかすけき私刑

ラムネ玉かちあはせつゝ終りなき賭せりまづしき國の幼兒ら

無爲の日々づゞきてけさは針金を提げし犬捕りが吾見てすぐる

いちぢく《(ママ)》甘し(針《釘》)うたれたるキリストを圍み(たる《し》)群の(一人の《われら》)末裔(に)

(瞼 だ る し《(こゝろ怯む)破局近し》)屑屋にうりし空壜の口よりあかきものしたゝりて

竹つみて馬車過ぎしかば皮膚色の道にかすかにのこるすりきず

少女と母醫院のめぐりもとほれりうたがひぶかきテリヤを連れて

胡桃靴の踵にて割る青年の力さわやか《(ママ)》に少女にひびけ

向日葵の夜をさゝへ(たる《ゐる》)太き莖ざらざらと父に溺愛さるる

夫婦不運に馴れて目にたつこともなきジャンヌ・ダルクの褪せ(し《た》)る畫像

晩婚の愛期すること淡々と黴ふきそめし食パンの耳

青年の（中）［群］に少女（ら）［ら（が）まじりゆき］（かこまれて）烈風の中のたわめる硝子

弱き男ら（た）かたみにそびらむけあひて（の）終始渇けるビアー・ガーデン

寺院の屋根へはこばれゆかむ朱の瓦縄もて雨の中に括らる

頭痛劇し屋上園の炎天に喋る鸚鵡の（舌）厚き舌みて

屋根まどかなる聖カステラニ寺院建つ釘を幾萬本かつかひて

妻たびに在れば心（の）にひびきくるはるけき海の夜の干潮

勞働祭の夜はしづかなる水に（油）浮く廢油蛇色にわれらの未來

袋小路の小家庭少女あまたゐて干しつらねたる皮膚いろの雨衣

心まづしけれ(ども)饐(ば)え(し)(たる)パンの香が最後の晩餐圖よりたちくる

心よはり(ママ)つゝ人中にいづるとて痒し夏服の下の蕁麻疹

傷つき易き心みづからきずつけて鑵詰工場街の少女ら

父とさす洋傘の中うすぐらき眩しさと苦き香りにみつる

ジェット機刃物のごと飛び去れる日本(の)にもろきテリアのごとき生あり

青年の豫後、等身のシェパードを愛す貝殼骨を軋ませ

使はるる貌となり出でゆきしのち部屋に殘飯が饐えつつあらむ

黑きシャツ著し犬捕りが蛇口より水のむきくきくとのどを鳴らして

月光の中より垂れて鞦韆がわがまへにあり死後もあらむか

地球儀の北極にむきうすぐろく(ダリア)《ひまはり》を國花とせざる國々

みじめなる眠りの後に向日葵とヘリコプターとある日々の天

モスクワ、ゴルキー街の日曜日の(寒)《暗》き寫眞ありぬれし紙屑の中

視界いささか曇らすものよ一すぢ脱けし睫毛が眼鏡につける

母は昔父の戀びと透明の樹脂一夜にてかたまるポプラ

原爆に生きのこりつゝ美しき少女(孤獨)《陰險》に(て)身にそふ(黑)《青》衣

夭き蛇よぎりし道をぴたぴたと靴ぬれていそぐ日本自衛隊

誕生日のためのキャベツの芯くさりをり　家族らのためにはゴジラ

敗戰記念日の炎天をわれに執(ママ)く罌粟色の舌たれたる犬ら　「熱く」カ

直し終りてひらく洋傘　曇天の地(に)上につくる曖昧のかげ

われら狂ふこともなく(生き)（ゐて）生ぬるき敗戰紀念日の朱の氷菓

羽蟻原爆忌の夜結婚飛翔して敗戰紀念日まで生きしや

下婢と下僕の戀そだちつつ五月祭のひとも牡蠣色に屋根の下の燈

囚人の列が皆見てすぎしかばわが華麗なる繃帯のゆび

日本爆撃飛行士の家晴々とうつりをり赤き海芋を生けて

夜の鍵かたくとざして家々のうちらなまぐさき人間の檻

ジェット機炎天に消えゆき　熱（を）患（む）《める》われの内部（の）《に》からみあふ骨

鷄卵を燈にすかし（をり）《つつ》じりじりと（歩みゆく）生ぬるき（死の方）《生をたの》しみゐるか

梅雨の傘の中に素顔となりてゆく夕べ巷のなべて道化師

國旗祝日ごとに立てまた哄笑しゐむかの齒ぐき赤き下士官

生きてゐしかばわれらまたこの家に釘あまたうちて風季をこさむ

曇り日の太陽のごと罌粟畑よこぎり來る地下生活者

曇日の噴水のごと慾望にたへつ(て)っ印度青年のゐみ

聖歌隊やめし少年髪のびてひそかにひとり何か讀みをる

昨夜われが過去あばかれてゐし卓に翅はみ出して死せる天牛蟲

父新しき母に溺れて六月のソースの壜に泛くあつきかび

別るると逢ふとものくふならはしの萍のごとかび泛くソース

獅子身中の蟲が夫人とマカロニを喫ひをりフォーク微妙にさばき

寝椅子に長子薄眼あきをり偏愛のすゑの蠶のごと透くはだへ

革命は先の先にて蛇いろに寺院の窓がぬりかへらるる

異國にクー・デタ始まりて黑熱の珈琲に(巨き)《今朝の》わが鼻うつる

亡命畫家ゑがける故郷モスクワの雨、黑色の死の如き線

罌粟坊主道化師に子があまたゐて笑ひたきときにしか笑はざる

司祭若く身ぬちにうづくものあれば杉赤く枯るる森のあひびき

檻に渇きたる鶴啼けり近づけるわれの一生の中の氷河期

危險なる未來　嬰兒の灰色の髮の下よりうまれつつあり

阿りて生くる日も來む　天に足むけて混血兒らの鞦韆

すべて失ひつくして肥りゆく夫人　咳藥灰のごときを嘸めり

熟麥の束に雨ふり夫人ら（の）が妬みあひつつのばす髪の毛

黑鳥が暗渠に泛びわが內部（うち）に濁りつつある「詩人の血」など

結婚への期待すみやかに減り（つつも）ゆきて青年にかゆき熟麥のたば

たのしみて結婚せしが（熟）・・・・・（くさりたる）麥（の）束だきてすつる農夫は

少女眼をすゑて釘ぬき釘をぬき家ほぐしをり颱風ののち

何を信じつつくひゐるや聖餐のナイフはさむき皿にかちあひ

阿りて司祭より子が惠まれしパンうす黑きおやゆびのあと

夫人やせ細る花束束のまゝ入れし瓶より水にじみ出て

ビニールの風船部屋(の隅に)に光りゐる柩がかつぎ出だされしかば
我ら欲しきもののあまたをこらへゐて天にいたみし電線が鳴る
はげみなくみてよぎりゆく獣苑に暗紅の肉むさぼれる豹
老いて子をやしなふ母に甘藍の內部灰色の花きざしゐる

27. Mai og.〈檻〉

ひぐらしのこゑふる中に幼育園午睡　とほけれどある老いと死と
旱天のひと日底よりさらされて死のにほひたゞよへる夜の井戶
疑ひをわれらすてねばキリストの香をたゞよはす夜の罌粟の果

明日あらば明日も炎熱　くひあます青桃われのゆびに軋みて

我にうとまれ死にたる父は愛國者にて墓原に｜（むるる蜉蝣）《紅き（芽の）木々の芽》

母｜（の）《が》知らぬものらをあまた抱ききし父（の）銅色のざらざらの脚

母國無きは清しからむ｜（に）《か》炎天にぬれしバナナの皮の黒き斑

刻々にわれら老いつつ炎天の船渠に直（修繕）りゆく船がある

ジェット機のすぐる眞下を｜（せむし）《佝僂》のごと寒卵ふところにかへりきぬ

クー・デタ海彼に、（われは）夜の（河底）河｜（ふかく）《底を》粘液のごとき水流れゐて

汗ふきて貨車につまるる駄馬汝らの親｜（が）《は》砲車挽きて果てしか

・〔杏〕樹上にてくひゐしが夜の地へ梯子ひきつるるばかりに織し

光りのごと夜の皮膚に沁みわたらむとわれらの髪の中にひそむ死

われと道化師に墨色の梅雨つづき子がかく棘だらけの太陽

めざましきこと何もなくくるる地に釘もてゐがかれし帆前船

われときみ(たしか)〔切〕につな(ぐ)〔がむ〕何も(なく)のもな(し)〔(く)し〕新樹らは夜もひかりあふ

紙くづのごとうつろひし雨・〔の〕中の薔薇をつらぬく暗綠の幹

解放といへば檻より放たるるごとし　雨沁む靴の中のゆび

酷薄にわれら馴れつつ蟻地獄と菫ある風の中の枯苑

革命家失意の日々に檻の中の千の家鴨の羽抜けかはる

さは《（ママ）》がしき愛戀のすゑ老優がつひに飼ひ始めし眼鏡猿

死の後の革命に恃むなきわれと彼とをへだつ火事色の罌粟

父（と《（も）に》）子（と《（も）に》）共に未來は暗澹とひろがらむ（今日は《つゆの》）河渡る蛇

すべての道はいくさに通じゐずや眸つむる時四方の黒き萬綠

炎天の電車の胴がねつとりと赭くひかれり　いくさの豫感

蝸牛　薔薇の棘ぬひをりわれの一日の中に老い易き刻

それぞれにひみつの戀をたのしみてき（て《ぬ》）・《馬》醉木さく夜の跪坐家族

柘榴吐きだしつつかみてをり人に借り「死の家の記録」よみをへしかば

（綠）〔樹〕蔭に干し忘られし神父のシャツ月いでて神父よりもかがやく

七月の天琥珀色な（す）〔せる〕とき（を）背暗澹として重きかも

諍ひゐし父母もやうやく眠りたる部屋に生乾きの梅雨の傘

聖家族（あひ）うたが（へり）ひあへり屋上の水槽の水（除）〔徐〕々に洩れゐて

冷淡なる我の神父に薔薇色の舌みせてくひたりし猫去る

マタイ傳口早に誦す彼の耳あるとき鰭に似てそよぐなり

革命は先づおのれより革命家らがすぎて荒るるざくろの林

六月

颱風の日のすさまじき果舗の燈にころがりて黄の癡かなる梨

人間の性善にしてわれもそのひとり弓形（なり）にへりたる砥石

暗き炎天にて電柱に（「にきびとり（たづねびと）」）「投資案内」「天使教支部」

死しゆくは殺されざりしゆゑの幸　枝卸されてさむき翌檜

黒褐色の男らにかきまはされて夜も泡立ちつゞけるプール

別れたる父母それぞれにおろかなる便りよすそこつめたき熟柿

夏山に知りし青年いつしかにあひにくみつつ熟るる向日葵

水よりも濃きはらからの絆もち忌につどひつつなまぐさき鮨

熟麥の熱風を背にはらみつゝ逅へり青年のひかる白き齒

キリストのごとくに痩せてもの啖ふ六月の河輝りにほふ邊に

錘りつけしごとき睡りの中に戀ひ妬む水の上あゆみしイエス

むしあつき群衆にまじりものくらひをはりしときのこのさびしき地

樹蔭にて黄色く昧き身よわれも肉の欲に由りて生れしか

酷薄の業一つありのろひもていちぢく(ママ)を枯れしめしキリスト

かび生へ(ママ)しパンのぼる蟻こよひわれらみをりいやしく腹みちしかば

草婚式夫婦ともども肥りつゝ難民のごと旺んに啖ふ

(愛國者)濁りしスープにかへ・(し)てゐる愛國者「汝がなすことをすみやかになせ」

いちぢく(ママ)に青き果兆し原爆忌うすぐらき絹のごとくに來る

(黑き樹蔭)吾らゆく黑き樹蔭のいづこにも罪標(すてふだ)「アジア人(びと)の奴よごれたる孤兒」

海綿の酢を吸ひもだえ死にしかば「神の子」となす死なざれば「人間(ひと)」

實を兆しゐる果樹園に石灰をまだらに撒けり祕法のごとく

麴の花室に咲きゐてひるすぎのまどろみも心あはたゞし(ママ)

髮の香油額ににじ(みて)(めり)われもわが葬りのそなへなしつゝあるか

肉を生姜の汁につけつゝ「わが心いたくうれひて死ぬばかりなり」

パンの青きかび剝がしつゝ呟けり「われはわれ自ら（を）の俘囚か」

胃をやみて子と鞦韆にあそびをり〈柔和なれども地を嗣がぬもの〉

守錢奴のみたびのめとりひそやかにアカシアの園夏の黄落

灰色に透くところてん夫婦してくらへりいつも何にかたのみ

われら神を敬してとほざかりゆかむ夏を神父が墨色の服

バイカル湖にて別れたる尋ねびといへり寺院の中なるラジオ

娼婦羽蟻のごとうつりきて冬ふかくなる墓原の上の基地の町

罌粟の實さそり色に熟れつつ放埒の日々「明日はつよきあつさあらむ」

貧窮母子たれも訪ねず三月の野に濃く萌えし裸麥など

油蟲とびて空氣になまぐさき痕のこすわれら食慾みちて

新年もメーデーの日も肉色に空やけて明くる朝鮮人街

ガラス箱よりあまたのレモン盜みきてわがゆびのきず匂ふくらやみ

女愛されゐて愛うすく牛乳を眞珠にしたゝらせためすなり

ながき戀の終りに近く訪ねき（し）（（て）し）男かがみて水蟲つぶす

阿ねざりしことのみあはれなるわれのなぐさめとなす雨天の新樹

鶴一羽め（を）つむり佇（つ）てり夏まひるおほひせるゐをのぞきたりしが

父母快々として一日の夜にいると土色の夭き（ザクロ）柘榴を割りぬ

心かわきてある日も吾ら一樽の岩鹽を未來のそなへとなせり

慰靈祭ののち炎天がつづきゐて音たちしその墓のこほろぎ

運河の赤き水につかりて土工らの眸工兵のごとく昏しも

月光の海にとゞきてふつふつと氣泡わきをりわが旅果つる

不幸つづきつつ忘れゐし失車（ママ）のわたとなり（つつ）とぶ夏の枯苑　「矢車」カ

未來なき戀ゆゑ今日を貪らむ服を廻轉ドアにはさまれ

市民館の土間にキャベツが・るゐ・るゐところがり不幸なる市民たち　「るゐるゐ」はママ

父母の愛うるさき時に少年がひとり描く瘦せし無數のエミウ

妻のせて沖へ出でゆく青年のかひな漕刑囚のごとくに

希望鹽辛くしたたる（復）巴里祭の街砲車がのろのろすぎつ

弱き父母が貪りてのむ朝々の褐色の脂うきし牛乳

近代美術展みてきて汚れたるシャツを浸す夕べの熱湯の中

青年の始めての逢ひ炎天のもつとも劇しき時（ゑ）《撰》りて出づ　「ゑ」はママ

悪者さかえゆく小説をおきて立つなまこ湊色にある夕餐へ

夏風邪の鼻かわきゐる午(ひる)すき(ママ)をラヂオわが名に似したづねびと　「午すぎ」カ

聖母女學院の下水を掘り下ぐる猛々として土工のかひな

腐蝕しつつある陸橋を渡りくるわれに似し細き鐵脚のひと

人らすべてかへらしめしが夜の庭にこげくさきダリアあり僵れゐる

鳩ら鳩舎・・(の奥)に嘴合はせをり外の炎天にみつる死のかげ

塚本邦雄とランボー

阪森郁代

塚本邦雄との出会いを語るとき「衝撃的だった」という人はじつに多い。「塚本邦雄は私の青春でした」という人もいる。それに比べると私の場合は「一介の読者にすぎなかった」というほうが当たっているかも知れない。ところがある時、塚本の第一歌集『水葬物語』の扉に、ランボーの詩が引用されているということを知って、にわかに興味が湧いてきた。ランボーは十代の頃に出会って以来、忘れられない詩人だったからである。

その『水葬物語』の扉を飾っていたのは、わずか数行の次の言葉だった。

・・・私はありとある祭を、勝利を、劇を創つた。新しい花を、新しい星を、新しい肉を、新しい言葉を發明しようと努めた・・・

これはランボーの詩集『地獄の季節』の「別れ」の中に出てくる。にもかかわらず『水葬物語』には、ランボーの名、あるいはランボーに直接関わるような歌は見当たらなかった。ただランボーかと思わせる次のような歌があった。

當方は二十五、銃器ブローカー、祕書求む。——桃色の踵の　『水葬物語』

十九歳で詩を捨てたランボーは、二十五歳の時イエメンに渡り商社に職を得ている。そこでコーヒーや象牙、皮革などの売り込みをしていたが、その後アフリカを拠点に武器を商っていたこともある。ランボーを念頭に詠んだ歌とみてもいいだろう。

数行の引用部分は、ランボーの詩の中でもよく知られている箇所だが、塚本の彼への傾倒ぶりが窺える。その頃、塚本は三十歳。ランボーへの関心はその後も長く続いていく。

傷つきし牡蠣薄光るひそやかに武器積みて發(た)つ船の底にて　『装飾樂句(カデンツァ)』

火藥商たちの兩掌(りやうて)はくつしたのやうにしづかに腐蝕してゆき

熱き湯に佇(た)ちておもへばランボーの死のきはに斷ち切られたる脚　『日本人靈歌』

死なば先づ會ひたきランボー、白晝を家鴨が突如翔(た)ついたましく

商取引もうまくゆかず、三十七歳で世を去ったランボー。彼が病で片足を失った苛酷な現実を塚本は忘れてはいなかった。これらの歌を詠んだ時、塚本は三十代後半。「死なば先づ會ひたき」人が、ランボーであることに驚く。『感幻樂』（第六歌集）には「死なば愛さむ父のひだり手注射器に一すぢの血のさかのぼるなり」という歌もある。不器用に翔び

立つ家鴨には、痛ましい彼の生涯を重ねているようだ。

『水葬物語』から十年後の第四歌集『水銀傳說』には、なんと「*Rimbaud*（ランボー）に寄す」と題した五十首の連作がある。この連作はランボーだけでなく「*Verlaine*（ヴェルレーヌ）に寄す」五十首も同時に詠まれており百首の連作となっている。

Rimbaud に寄す

輝くランボーきたり、はじめて晩餐の若鶏のみだりがはしき肋骨（あばら）　『水銀傳說』
寝臺の紺の夕映　ランボーが日日わがうちに死する火の刻
夜の屋上に蒼鷺の腹光りつつランボーいづくにたれと眠る
濃霧の街の底の光に白馬色（あをいろ）の毛皮賣られつ戀（こ）ほしランボー
葱營營として實りつつ今熱月（テルミドール）、われらの詩の革命は
死して二人の戀始まると晴天の庭の叺（かます）の灰いろの鹽

Verlaine に寄す

われ撃ちそこなひし拳銃　漆黒の蘂もつ花のごとく墜ちたり
アフリカの朱の炎天にぢりぢりと恥づ　愛されしわが耳二つ

「わがうちに死する」さらには「いづくにたれと眠る」「戀（こ）ほしランボー」と、いかにも

直截的だ。もちろんこの劇的な表現は『水銀傳説』の跋文に書かれているように、それぞれの独白の体(てい)ではある。だがヴェルレーヌに託しながらもランボーへの熱い思いがなくてはこのようには歌えないだろう。

五首目の「われらの詩の革命は」というとき、そこにはかつて短歌の革新を熱く語り合った盟友、杉原一司が重なってくる。熱月(テルミドール)はフランスの革命暦で七月半ばからの一ヶ月のこと。一八七一年、パリはコミューンの反乱で揺れに揺れていた。パリに憧れヴェルレーヌの誘いに歓喜した「輝くランボー」。その高揚感にも杉原を重ねていたかも知れない。七首目の「われ撃ちそこなひし拳銃」は、二人の仲を決定的にした一大事件だった。ヴェルレーヌとの共同生活は決裂、ランボーはあっさり文学と離別した。二人の愛憎劇を塚本は百首で歌いきっている。『水葬物語』から『装飾欒句(カデンツァ)』(第二歌集)『日本人靈歌』(第三歌集)を経て『水銀傳説』(第四歌集)に至るころ、ランボーへの思いは最高潮に達していた。「私は二人の詩人に憑(つ)かれてゐた」という言葉そのものだった。

塚本の難解な歌が、ランボーの詩との関わりで読むと、ふっと分かるような時がある。たとえば次のような歌だ。

顫ふ七月はや身を匿す寶石とランボーが犯されし兩脚　『感幻樂』
生鮑(いきあはび)咽喉すべりつつわれ生きて「あ、、人目を避けた數々の寶石」　『波瀾』

ランボーの詩集『飾畫（イルミナシオン）』の中の「大洪水後」という詩に次のような箇所がある。小林秀雄と清岡卓行の二人の訳を並べてみる。

A　おお！　身をかくしていた宝石のかずかず、――すでに眼を見はっていた花のかずかず。（清岡卓行訳）

B　あゝ、人目を避けた數々の寶石、――はや眼ある様々の花。（小林秀雄訳）

「あゝ、人目を避けた數々の寶石」。このシュールなフレーズは「大洪水後」の中では主調部分と言える。塚本の一首目はランボーを思い出し、病で片足を失ったことを今さらのように悲しんでいる。二首目は、早世の彼と、ほぼ七十歳のわが身とを引き比べている。どちらも彼の印象深い言葉を嚙みしめているようだ。

四條烏丸霙に佇ちてランボーの「鴉群（コルボー）」おもふ　氣障（きざ）のきはみ　『獻身』
「ランボー不感症」の七字は見消（みせけち）にして茂吉論脱稿近し
烏賊の墨和へ舌刺す朝ぞジャン・ニコラ・アルチュール・ランボー百年忌
四月饐えつつ匂ふ花ありランボーの處女作は「神よ、糞くらへ！」

『汨羅變』

「鴉の群(レ・コルボー)」をランボー歌ひしはいつぞ深夜スープに唇を灼く
老鋪(しにせ)質店主耄碌　手稿本「酩酊船(バトー・イーヴル)」も流されたるか
枯山水(こせんずい)に聲殺しつつ落合ふはランボー研究家とその腹心

『獻身』（第二十歌集）、『汨羅變』（第二十二歌集）は、七十代の作品である。どこか突き放したようで、冷めている。塚本に諧謔の歌が増えてきたことも影響しているようだ。一首目の「氣障(きざ)のきはみ」は、自嘲をこめているのだろうか。三首目のランボーの百年忌は一九九一年。文芸誌でも取り上げられ、否応なく目に留まったはず。格別の感慨があったに違いないが「舌刺す」にとどめている。「鴉群(コルボー)」、「酩酊船(バトー・イーヴル)」は詩の題名であり「神よ、糞くらへ！」は「七歳の詩人」に出てくる。

『約翰傳僞書(ヨハネでんぎしょ)』

秋風のすみかの扇　曙は胸をゑぐると言ひしランボォ
「酩酊船(バトー・イーヴル)」書きたる頃のランボーは海を知らざりけり十九歳
春蘭に七年前の亡き朋(とも)のにほひありランボーに憑(つ)かれゐき

だが最終歌集『約翰傳僞書(ヨハネでんぎしょ)』の歌は三首とも、今までとはずいぶん趣が違う。一首目と二首目は「酩酊船」に関わる歌。ヴェルレーヌに呼び寄せられたランボーがパリに赴くとき「パリの奴らを驚かせてやる」と携えていったのがこの「酩酊船」で、百行という長い韻文詩。「曙は胸をゑぐる」は、全二十五章の終りの方に出てくる最も親しまれている箇所。その章を引いておこう。この詩は自らを酩酊船に喩えているとも言われている。

想へば、よくも泣きたるわれかな。來る曙は胸を抉り、
月はむごたらし、陽は苦し。
切なる戀に醉ひしれし、わが心は痺れたり。
龍骨よ、砕けよ、あゝ、われは海に死なむ。（小林秀雄訳）

錯乱、難解、韜晦、ざらついた感覚、革命志向などと評されたランボーだが、象徴的な詩の中にも純粋に読者の胸を打つ叙情性も、当然あったのだ。あるとき「酩酊船」に話題が及び「ゆけ、フラマンの小麦船、イギリスの綿船よ」と、塚本自身が第二章のフレーズをたちまち口にされたことがあった。最晩年のこの三首は、力を抜いた歌い方が、かえって胸に沁みる。ランボーへの率直な心寄せだろう。

第二十歌集のタイトルは『獻身』。これもランボーの詩「獻身」と関わる。そのことは塚本自身が一九九四年の「リテレール秋号」に寄稿した日記で明らかだ。その日記文は最後にランボーの詩を引いて終わっている。

ほほゑみに肖てはるかなれ霜月の**火事**のなかなる**ピアノ**一臺　『感幻樂』

（太字は筆者による）

それにしても私は、西欧的な香りのするこの一首に理由（わけ）もなく惹かれるのだが、塚本に火事の歌が何首もあることを異様に思っていた。ピアノの唐突さも謎だった。

燻製卵はるけき**火事**の香にみちて母がわれ生みたること恕（ゆる）す　『水銀傳説』

さらば若者　わが王國の**晝火事**のはじめのほのほ新芽のごとし　『感幻樂』

さびし羅馬（ローマ）の**火事**　母の髪過ぎし日の夕映えに緋の暈冠（コロナ）をまとふ　『星餐圖』

遠火事に言葉ひびかひあかときは地（つち）にころがる花花の**燠**（おき）　『靑き菊の主題』

火事跡に消火夫と肩觸れて立つかぎろへど何か何か言はねば　『歌人』

一月の仁王門なるうらわかき仁王　うつくしき**火事**はあらぬか　『不變律』

水上（すいじやう）の音樂やみてあと暗しアフリカに**炎上**する國あらむ　『波瀾』

地球ほろぶる冬ならなくにくれなゐの雪ふり佐野のわたりの**火事**　『黄金律』

女王陛下萬歳二唱はるかなる**火中**の**ピアノ燠**（おき）となるころ　『獻身』

ランボーの詩「大洪水後」には次のようなフレーズもある。

「・・・夫人は、アルプスの山中に**ピアノ**を据ゑた。」
「そして『**女王**』は、土の壺に**燠**かき立てる『魔法使ひ』は、自分は知つてるが俺達にはわからないお話を、どうしたつて聞かせたくはないだらう。」（小林秀雄訳）

「ほほゑみに肖て」の歌も、最後の「女王陛下」の歌も、背後にランボーの詩「大洪水後」が揺曳していると思えてならない。さらに言えば『水葬物語』の巻頭歌「革命歌作詞家に凭りかかられてすこしづつ液化してゆくピアノ」もそうなのだ。そもそも火事は塚本の詩想であると同時に「すべては消滅と隣り合わせだ」というメッセージのように思える。さまざまな角度から詠まれている火事の歌だが、注意深く読むべきだろう。もちろん塚本のことだからパロディーにしていることも考えられる。ランボーの、時には錯乱した飛躍の激しい詩に比べれば、塚本の歌は分かり易いと言えよう。

短歌への情熱を思想にまで高めていった塚本は『黄金律』（第十八歌集）を境として、本格的に戦争をテーマとしていった。だが『水銀傳説』の百首の連作以来「寧ろ避けてゐた」というランボーを最後まで忘れなかったのは、早世を悼みつつ彼の才能に魅了され続けていたからではなかっただろうか。

解題

島内景二

本巻には、塚本邦雄の残した二十四冊の「序数歌集」のうち、第十六歌集『不變律』（ふへんりつ）・第十七歌集『波瀾』（はらん）、第十八歌集『黄金律』（わうごんりつ・オウゴンリツ）の三歌集を収録する。

加えて、塚本邦雄が若き日に書き記していた手控えの「自筆歌稿帖」の二冊を、『釘銹帖』（くぎさびてふ・クギサビチョウ、一九五四年九～一二月）と、『嘴合帖』（しがふてふ・シゴウチョウ、一九五四年一二月～一九五五年六月）と仮に名づけ、翻刻して紹介する。この歌稿帖が記された一九五四年から五五年にかけて、塚本邦雄は肺結核による療養のため、職場を休職中であった。よって、この二つの歌帖は、療養歌帖として位置づけられる。短期間に集中して大量の短歌作品が創作されたのは、病による極度の危機意識の高まりが短歌形式に注ぎ込まれたからだと考えられる。

まずは、公刊された三冊の序数歌集から、順に見てゆこう。

第十六歌集『不變律』は、一九八八年（昭和六十三）三月五日に、花曜社から刊行された。刊行日の三月五日は、二十四節気では「啓蟄」に当たっていた。切りの良い三百三十三首が収められている。前年の一九八七年八月には「塚本邦雄の變を嘉する會」が開かれ、十一月には自選歌集『寵歌』(花曜社)も刊行された。『不變律』は、翌一九八九年(平成元)の「第二十三回沼空賞」を受けた。

この文庫版全歌集では、ゆまに書房『塚本邦雄全集』第二巻収録の『不變律』を底本としたが、次の箇所を校訂した。校訂対象となった歌を見るだけでも、この時期の塚本邦雄が目指した世界が見えてくる。

全部で二十章からなるが、その二つ目のタイトル「甘露」を、章中の「わがこころ切にかがやく寒露けふ花見小路の氷配達」を根拠として、「寒露」と改めた。初出の「毎日新聞」昭和六十一年十月十一日朝刊でも、単行本『不變律』でも「甘露」だが、昭和六十一年は十月八日が「寒露」であった。新聞の誤植が、単行本と全集に踏襲されたのだろう。「寒露」などの二十四節気は、塚本邦雄の季節感の根幹にあった。

心もそらに一日過ぎつつ初霰チャフラフスカとは何なりけるか　「逍遙游」

正しい人名表記は「チャスラフスカ」だが、「チャフラフスカ」とした点に塚本の意図があったとも考えられ、あえて「チャフラフスカ」のままとした。「チャフラフスカ」という誤った表記を見て、「これは何だ」と塚本が問題視した可能性があるからだ。国文学者である私は、塚本から、島崎藤村の「まだあげ初めし前髪の」や、堀辰雄の「風立ちぬいざ生きめやも」が文法的に間違いではないかと、何度も確認された。

錫婚（しやくこん）の式はなさねど侘助のたけをこえたる總領息子　　「たましひ沈む」

「錫婚」は、多く「すずこん」と読まれるが、ルビを振ったのは塚本本人だと推測されるので、「しやくこん」のままとした。塚本は、「すずこん」という湯桶読みに、生理的な反発を抱いていたのかもしれない。

みのらざる牡丹といへど白南風（しらはえ）に時じくの離縁状七行（ななくだり）　　「たましひ沈む」

「ゆまに全集」には「みよらざる」とあるが、単行本歌集によって「みのらざる」と校訂した。

その他、「辣韮」のルビを「らつきやう」から「らつきよう」と校訂し、歴史的仮名づかいに合致させた。

第十七歌集『波瀾』は、一九八九年（平成元）八月十三日に、花曜社から刊行された。前歌集から、わずか十七箇月しか経っていないが、五百首を収録している。そのため、単行本歌集では、一ページに三首が印刷されている。前歌集『不變律』は、一ページに二首印刷で、活字のポイントも大きかった。

塚本は、『波瀾』を刊行した平成元年の四月から、近畿大学文芸学部教授に就任し、若者と共に学ぶ喜びを満喫していた。『論語』に見られる孔子と弟子たちの語らいが、塚本と学生たちの間で再現されたのである。その喜びとも深く関わるのが、「戦争の時代」であった昭和の終焉である。この二つを、『波瀾』という歌集で記念したのだろう。敗戦記念日たる八月十五日の二日前である「八月十三日」に刊行されたゆえんである。

文庫版全歌集に収録に際して、本文校訂の対象とした作品を取り上げる。

「花鳥百首」の中の二首。「ゆまに全集」では、

奔流の中なる砂金ひらめけり今宵宵貴様を男にしてやる

深夜水飲み飲みそこなひて愕然とあかねさす赤軍派残黨

となっている。前者は、単行本歌集によって、「今宵宵」は「今宵」の誤植であると判断し、重複する「宵」の一字を削除した。

後者は「飲み」が重複しているように見えるが、単行本歌集も同様であり、「しんやみずのみ／のみそこないて／がくぜんと／あかねさすせき／ぐんはざんとう」という、「七七五七七」の定型歌（の「語割れ・句またがり」）である。よって、「深夜水飲み飲みそこなひて」のままとした。この歌の「あかねさす赤軍派」という表現は、巻末歌の「あっあかねさす召集令狀」への、はるかな呼び水になっている。

夢想國師の戀歌一首舌の上にありて八方きらめく秋風　「花鳥百首」

「ゆまに全集」も単行本歌集も「夢想」であるが、「夢想國師」は存在しない。「夢窓國師」ならば存在する。それで、夢窓国師に関する伝説を渉猟すると、竹田黙雷の『禅機』という書物に、島原の太夫との贈答歌が発見できる。

清くとも一夜は落ちよ瀧の水濁りてあとの澄まぬものかは　島原の太夫

いとどさよ危ふくすめる露の身を落ちよと誘ふ荻の上風　夢窓国師

塚本は、この伝承歌を踏まえて、「きらめく秋風」と詠んだのではないだろうか。そう判断して、「夢想國師」を「夢窓國師」と校訂した。

破算宣告そののちかへりみられざる春の蘭鑄(らんちう)あはれをつくす　「醍醐變」

「ゆまに全集」も単行本歌集も「破算宣告」であるが、誤植と判断して「破産宣告」と改めた。

大伯母が不縁となりし菅江家の紋どころ三割海鞘(みつわりほや)の花(はな)　「大波瀾」

家紋の「みつわりほや」は、通常は「三割寄生(みつわりほや)」と表記されるが、塚本は食べ物としての「海鞘」を偏愛するので、あえて「三割海鞘(みつわりほや)」とした可能性がある。植物と海産物の違いはあるが、あえて底本のままとした。

反俗の叛俗に似るかなしみを花より他とわれは知れれど　「くろがねの」

「反俗」と「叛俗」が似ていても、それほどの「かなしみ」は感じない。そこで、「反俗の叛賊に似るかなしみ」の誤植ではないかとも思われるが、確信が持てないので、底本のままとした。

春の夜の夢ばかりなる枕頭にあっあかねさす召集令狀　「殘虹篇」

歌集『波瀾』の巻軸に据えられた最終歌である。塚本邦雄は促音の「つ」を表記する際に、片仮名の場合には「バッハ」などと、小さな「ッ」を用いたが、平仮名の場合には、「やつぱり」などと、大きな「つ」を用いた。これが、大原則である。ただし、この歌は、発表当時から、歌壇で話題となった。塚本が表記の原則を曲げてまで、「あっ」と、驚きの声を上げたことに、作者の意図を感じ取ったからである。私は塚本に、「あつ」ではなく「あっ」とした理由を聞きそびれた。むろん、底本の「あっ」のままとした。

　また、「四十疊」（「遊虚樂」）のルビを、「よんじふでう」から「よんじふでふ」に改めて改めて、歴史的仮名づかいに合わせた。「冬瓜」（「ブニュエルの亂」）のルビも、「とうぐわん」から「とうがん」に、「榮燿」（「大波瀾」）のルビも「えやう」から「ええう」に改めた。「沈倫」（「くろがねの」）と「斑女」（「くろがねの」）は、明らかな誤植なので、「沈淪」「班女」と改めた。

　第十八歌集『黄金律』は、一九九一年（平成三）四月二十日、花曜社から刊行された。刊行日は、二十四節気では「穀雨」に当たっている。五百首を、一ページ三首で印刷している。箱には入っていない。翌一九九二年、『黄金律』によって、第三回斎藤茂吉短歌文学賞を受賞した。

　ここでも、本文校訂の対象とした短歌作品を取り上げる。

　歌ひつづけて我は通さむずその昔定家も「袖より鴨の立つ」たる　　「旋風律」

「ゆまに全集」も単行本歌集も「鴨」であるが、この歌は、『六百番歌合』で、藤原定家が詠んだ問題作、

唐衣裾野の庵の旅枕袖より鴫の立つ心地する

を踏まえているのだから、「『袖より鴫の立つ』たる」と校訂した。意図的に、「鴫」を「鴨」に置き換えたのではあるまい。「袖より鴫」は、塚本邦雄の定家論と新古今論の要に位置づけられる和歌である。「鴨」と変形する理由は存在しない。誤植である。

ひひらぎの花ちりつつをかへりみば「親鸞は弟子ひとりももたずさふらふ」　「紅葉變」

『歎異抄』などが伝える親鸞の有名な言葉を「さふらふ」と表記したテキストもある。ただし、現在の「歴史的仮名づかい」では「さうらふ」が正しいとされる。「歴史的仮名づかいの厳密さを守るように」という塚本の遺訓を守り、このたび「もたずさうらふ」に校訂した。

二人ゐて孤立無縁の秋ふかしみちのくの歌枕に狭布　「紅葉變」

この歌は、二つの点で校訂者を悩ませる。第一に、「孤立無縁」は「孤立無援」の誤植ではないか。だが、あえて「無縁」とした可能性も否定しきれない。第二に、「狭布」は、陸奥で作られる幅の狭い布のことで、「狭布の細布」は「逢はず」などにかかる序詞である。ただし、発音は「きょうふ」ではなく「きょう」、歴史的仮名づかいは「けふふ」ではなく「けふ」である。ただし、第四句以下を「みちのくのうた／まくらにきょう

ふ」と読めば「七七」の定型に収まるから、塚本は「狹布」を「けふふ」と記憶していた可能性が高い。そこで、この歌については、「孤立無縁」も「狹布（けふふ）」も、底本のままとした。

　幼女虐殺犯の童顔それはそれとして軍人勅諭おそろし　「かつて神兵」

「勅」の正字は「敕」であるが、戦前においても「軍人勅諭」に関して「敕諭」と印刷されている用例をほとんど目にしない。それで、「勅」のままとした。

　今生は明日待つことの重なりに白うるむ加茂本阿彌椿　「みぎりの翼」

　われさしおいて人こそ老ゆれきさらぎを乏しらに加茂本阿彌椿　「敗荷症候群」

酷似する二首であるが、それぞれ独立した作品であるので、重複と見なさなかった。

　刎頸の友と『火の島』わかち讀みゐたりしものを覺むれば亡し　「敗荷症候群」

「ゆまに全集」も単行本歌集も『火の島』である。ただし、塚本の自筆は、「島」と「鳥」が酷似していて、判別するのがむずかしい。それで、『火の鳥』の誤植である可能性も皆無ではない。ただし、塚本の著書『花より本』（創拓社、一九九一年）に、中村草田男の第二句集『火の島』（昭和十四年）を、「秀句目白押し」と絶賛するくだりがあるので、ここは『火の島』のままとした。

　また、「雁塔聖教序」（「くれなゐの霜」）のルビを、「がんたふしやうぎやうじよ」から、「がんたふしやうげうじよ」へと変更して、歴史的仮名づかいに合わせた。「京都堀川寺の内」(「紅葉變」)は、塚本の菩提寺である妙蓮寺のある地名だが、「京都堀川寺之内」とした。

次に、二つの「神變詠草」の概要を説明する。

『釘銹帖』は、一九五四年九月から十二月までの創作短歌をまとめた手控えである。巻頭の歌の第五句「にじむ釘銹」という表現に因んで、『釘銹帖』(くぎさびてふ、クギサビチョウ)と、仮に命名した。

『嘴合帖』は、一九五四年十二月から翌一九五五年六月までの創作ノートである。巻末歌の「鳩ら鳩舍の奧に嘴合はせをり外の炎天にみつる死のかげ」(初句七音である)によって、『嘴合帖』(しがふてふ、シゴウチョウ)と仮に命名した。

この二つの歌帖を通読していて気づくのは、「混血兒」と「黑人兵」をモチーフとする歌の多さである。米軍の黒人兵を父として、日本で暮らす混血児。その姿に、塚本邦雄は、西洋の美学や思想を父としながら、土俗的な日本社会で生きて死ななければならない自らの「写像」を見たのだろう。日本の動物園に連れてこられ、檻の中に閉じ込められている動物たちの姿とも重なる。

玩具の汽車もちて朝鮮戰線に漆黑のひたひ撃ちぬかれたり　『釘銹帖』

黒人兵は、本来の居場所であるアフリカから、アメリカに強制的に連れてこられた奴隷の子孫である。自らの生国であるアメリカでも不本意な生活を余儀なくされただけでなく、縁もゆかりもない朝鮮半島での黄色人種同士の戦いに派遣され、非業の死を遂げる。「玩具の汽車」という初句七音は、石川啄木の「遊びに出でて子供かへらず、／取り出して／走らせて見る玩具《おもちゃ》の機関車。」（『悲しき玩具』）を連想させる。塚本の黒人兵は、日本人女性との間に混血児をもうけ、その遊び道具である「玩具の汽車」を戦場に持参していたのだろうか。ならば、彼にとっての「日本」とは何だったのか。彼がこの世に生きた証しである「混血兒」は、塚本邦雄にとっての「短歌」なのか。

　すりたての積み重ねたる原爆圖叫びて賣れりひき剝がしつつ　『釘銹帖』

塚本は、一九四五年八月十五日の敗戦を、広島県呉市で迎えた。六日には、近くの広島市に原爆が落ちている。塚本の戦争体験と深く結びついているのが、広島の原爆である。この「原爆圖」は、丸木位里・丸木俊夫妻の「原爆の図」のことであろうか。「叫びて」という言葉が、原爆投下直後の阿鼻叫喚を連想させ、「ひき剝がしつつ」という表現が、皮膚が剝がれ落ちる惨状を連想させる。

　（降誕祭《原爆忌》）くれて空地に干され（たる《ゐし》）洋傘が風にころがりまはる　『釘銹帖』

第二歌集『装飾樂句』に収録された、「原爆忌昏れて空地に干されゐし洋傘《かうもり》が風にころがりまはる」の原型である。聖なる「降誕祭」（クリスマス）が、文明悪の極致である「原爆忌」に推敲されることで、「ころがりまはる」という悲惨さが強調された。原爆忌であろうが、降誕祭であろうが、風にころがる洋傘は、悲惨な戦争の「痕跡」であり「遺跡」であるのだ。

塚本邦雄の目は、戦後日本にありありと残っているのに、皆が忘却しつつある「戦争の痕跡」を発見し、抉り出す。過去の悲惨さが、未来の悲惨さに直結する「過渡期」が、現在の日本である、という認識なのだ。

蟻　ピアノの鍵をあゆめり(隠微なる(心かげりゆくひそかなる))黑人靈歌(わが心刺す)　『釘銹帖』

初案である、「蟻　ピアノの鍵をあゆめり隠微なる黑人靈歌わが心刺す」を推敲して、「蟻　ピアノの鍵をあゆめり心かげりゆくひそかなる黑人靈歌」となった。若干の修正を経て、『装飾樂句』には、「蟻、ピアノの鍵(キー)をあゆめり　心翳りゆくひそかなる黑人靈歌」として収録された。

黒い蟻は、ピアノの黒鍵だけでなく、白鍵の上も歩く。白人から差別され、ゆかりもない黄色人種の女性と子をなし、黄色人種のために戦場で死ぬ黒人兵の心の中の叫び。その「黑人靈歌」を聞き取ろうとする姿勢が、塚本邦雄の第三歌集『日本人靈歌』へとつながってゆく。日本人も、好き好んで、この日本という国に生まれたわけではないのだ。ならば、日本人の「生国」はどこで、どこへなら「亡命」が可能なのか。その模索の中から、「美と芸術の国」への憧憬が、少しずつ形を現してくる。

天才少年畫展をいでて日中の魚市を蠅とともに歩めり　『嘴合帖』

『驟雨修辭學』に収めるに際し、「天才畫家個展素通りして夜の巷銀蠅と共に歩めり」と推敲された。初案では、「魚に群がる蠅」が、塚本の生きる現実を象徴し、対比的に「天才少年畫展」が、醜悪な現実を超越した、はるかな芸術の高みを象徴している。

　　天才少年ゐる私立校肋木をきのふはなまりいろに塗りかへ　『嘴合帖』

塚本邦雄は、「天才少年」に強い憧れを抱いていた。小説では、太宰治や三島由紀夫のように、早熟な天才がいる。自分は天才なのか。その問いかけに、日夜、塚本は苦しんでいた。鉛色に塗り替えられた校庭の肋木は、天才少年を受け容れぬ日本の暗い風土なのだろう。日本的風土の別名が、「母」である。

　　誕生日天才の母よあけより印度林檎をむしやきにして　『嘴合帖』

蒸し焼きにされる印度林檎は、誤って日本に生まれてしまった「天才」の比喩だろう。母が、我が子を蒸し焼きにする。その「子＝芸術家」は、天才として生まれたにもかかわらず、「母＝日本」によって殺される運命にある。戦争の悲劇を免れ、「平和」な時代になったように見えても、天才の悲劇は続いている。

また、『嘴合帖』は、塚本短歌の推敲過程を窺わせる貴重な資料である。

　　人間にみつめら(れつつ／るれば)炎天の縞馬の汚れたる白き縞　『嘴合帖』

初案は、「人間にみつめられつつ炎天の縞馬の汚れたる白き縞」。推敲して、「人間にみつめらるれば炎天の縞馬の汚れたる白き縞」となった。「みつめらるれば」で、動きが生まれた。第四句以降の「縞馬の汚れ／たる白き縞」は、「八七」の「語割れ・句またがり」である。

だが、最終形態では、塚本短歌の代名詞である「語割れ・句またがり」が解消された。

人間に視つめらるれば炎天の縞馬の白き縞よごれたる　『装飾樂句』

「五七五七七」で、ぴたりと着地している。

暗渠の渦に花もまれをり知らざれば(ひそかに)《つねにひえびえと》(胸に)《つめたく》鮮しモスクワ　『嘴合帖』

初案と推敲案、そして、最終形態を並べてみる。

暗渠の渦に花もまれをり知らざればひそかに胸に鮮しモスクワ

暗渠の渦に花もまれをり知らざればひそかにつめたく鮮しモスクワ

暗渠の渦に花もまれをり知らざればつねにひえびえと鮮しモスクワ

暗渠の渦に花揉まれをり識らざればつねに冷えびえと鮮《あたら》しモスクワ　『装飾樂句』

「鮮し」という表記は、初案から存在していた。「識らざれば」の表記は、最終段階でなされた。第二案で「つめたく」という形容詞が加わり、第三案で「ひえびえと」という副詞となった。かつ、「ひそかに」が「つねに」となった。最終案では、漢字のお色直しがなされた。

青年の(中)《群》に少女(ら)《(が)》(かこまれて)《まじりゆき》烈風の中のたわめる硝子　『嘴合帖』

ここでも、初案から最終形態までの変遷をたどっておこう。

青年の中に少女らかこまれて烈風の中のたわめる硝子

青年の群に少女がまじりゆき烈風の中のたわめる硝子

青年の群に少女らまじりゆき烈風の中のたわめる硝子

青年の群に少女らまじりゆき烈風のなかの撓める硝子　『装飾樂句』

「青年の中」から「青年の群」へ、「かこまれて」から「まじりゆき」への推敲は、見事である。「ら」か「が」か、漢字か平仮名かの「お色直し」にも興味深いものがある。

最後に、『嚙合帖』から一首を引用して、この解題を結びたい。

羽蟻原爆忌の夜結婚飛翔して敗戰紀念日まで生きしや　『嚙合帖』

羽蟻は、八月六日の「原爆忌」に「結婚飛翔」（結婚飛行）して、八月十五日の「敗戦紀念日」まで生きただろうか。幸運にも結婚飛翔中に女王と交尾できたオスは、その場で死ぬ。交尾できないオスが多い。女王は、交尾後に羽を失い、巣作りに入る。「原爆忌」と「敗戰紀念日」の狭間で生かされる、オスの羽蟻。人間もまた、戦争と戦争のはざまで、必死に芸術の天空へと飛翔を試みている。だが、最後に待ち受けているのは、「死＝敗戦」である。

肺結核で療養中の塚本邦雄は、快復後に、歌壇と文壇の大空に飛翔し、女王を発見し、幸福な結婚を遂げることを夢見て、雌伏していた。その瞼には、自分に美しい死を与えてくれる「美の女王」の姿が、思い浮かべられていただろう。

検印
省略

令和四年二月十九日　第一刷印刷　発行

塚本邦雄全歌集6

定価　本体三三〇〇円（税別）

著　者　塚本邦雄

発行者　國兼秀二

発行所　短歌研究社

郵便番号一一二-〇〇一三
東京都文京区音羽一-一七-一四　音羽YKビル
電話〇三(三九四四)四八二二・四八三三
振替〇〇一九〇-九-二四三七五番

印刷者　豊国印刷
製本者　牧製本

ISBN 978-4-86272-556-1 C0092 ¥3300E